支那扇の女

横溝正史

角川文庫
23007

目次

支《し》那扇《なおうぎ》の女

明治大正犯罪史

この一文を起草《きそう》しているわたしの机のうえには、いま福井作太郎という人物の編述《へんじゅつ》にかかる「明治大正犯罪史」なる古ぼけた一本がのっかっている。

菊判三百ページあまりの、装丁も安っぽく、紙もあんまり上質とはいえないいたって粗悪な本で、奥付をみると昭和五年、神田の某書肆《しょし》から出版されたものである。「明治大正犯罪史」という題名は、いかにももっともらしく、しかつめらしいが、内容はかならずしも系統立った研究的なものではなくて、昭和初期の世相を風靡《ふうび》した、いわゆるエロ、グロ趣味をねらったものらしく、記事のあつかいかたなども俗受けをねらって、ショッキングなものが多かった。

ところで、じつをいうとこの本はわたしのものではなくて、畏《い》友《ゆう》金田一耕助から借用してきたものである。

金田一耕助の説によると、この本の編述者なる福井作太郎氏というのは、かつて新聞記者かなんかしていた人物らしく、この本なども、たぶん書肆のもとめに応じて、原稿料かせぎに書きとばしたものだろうという。内容などもかなりよく調べてあるとはいうものの、いっぽうずさんなところも少なくないということだ。

　ところが、この「明治大正犯罪史」のなかに「支那扇《しなおうぎ》の女」という一章があるが、じつはこの一章こそ、これからわたしがお話ししようとしている、金田一耕助の功名談に重大な関係をもっているので、ここにその内容を簡単に紹介しておこう。

支那扇の女。——と、そう呼ばれている彼女は、名前を八木克子といって、子爵八木冬彦の妻であった。

　つまり彼女は子爵夫人なのだが、そういう婦人がどうして夜嵐《よあらし》お絹や高橋お伝らとともに、「明治大正犯罪史」のなかにとりあげられているかといえば、彼女が恐ろしい毒殺狂であったと信じられているからである。

八木克子が毒殺未遂で、良人の冬彦から告発されたのは、明治十九年の秋のことである。彼女は良人《おっと》冬彦をはじめとして、姑《しゅうとめ》泰子ならびに義妹《ぎまい》鶴子を毒殺しようとして果たさず、事露見におよんで良人から告発されたのである。

　この事件はそのころひじょうに世間をさわがせたものらしく、足かけ三年にわたって、当時の新聞紙上をさわがせたが、それにもかかわらずついに最後の判決を見るにいたらなかったのは、事件の審理中、克子が死亡したからである。

　明治二十一年春のことである。

　克子はさいごまで犯行を否認しつづけたが、あらゆる証拠が彼女にとって不利であった。また、彼女には良人や良人の肉親の毒殺をはかる、十分な動機があったと見られていた。

克子が八木家にとついだのは、明治十四年秋のことだったが、彼女には結婚以前から愛人があったという。その愛人というのはその時分、黎明期《れいめいき》にあった日本の洋画界で、鬼才とも天才ともいわれていた佐竹恭助という画家であった。

克子と佐竹との交情は、克子が八木家にとついでからもひそかにつづけられていたといわれており、この愛人にたいする断ちがたい愛着が、彼女を駆って毒殺魔たらしめたのであろうと推定されている。

しかも、あるいは佐竹じしんも共犯者だったのではないかと思われるのは、克子が告発されてからまもなく、佐竹も毒をあおいで自殺していることである。

佐竹が自殺にもちいた毒薬というのは、克子が良人や良人の肉親を謀殺しようとして使用した薬とおなじであったという。そして、このことがいっそう克子の立場を不利に追いやったことはいうまでもない。

いったい、八木家というのは旧幕時代、岡山県のS地方の領主であった。しかし、明治十年ごろには経済的にすっかり逼迫《ひっぱく》しており、克子との結婚によって、その経済的危機をきりぬけようという、いわゆる政略結婚的な臭味《くさみ》がたぶんにあった縁組みらしい。

克子の実家の本多家というのは、八木家の旧支配地でふるくからさかえていた豪農の家筋で、昔から、

「本多様には及びもないが、せめてなりたやお殿様」

と、皮肉な唄《うた》がのこっているほど、旧幕時代からその富は領主をしのいでいた。

ことに明治維新以来、旧領主の八木家が経済的にしだいに没落していったに反して、本多家は昔ながらの、いや、あるいは昔以上の繁栄をつづけていたので、八木家ではその富に目をつけた結果、克子を入れて妻としたのだという。したがって、この結婚はさいしょから、不自然な動機でむすばれていたうえに、克子のほうに結婚以前からの愛人があったというのである。

そこからこういういまわしい事件がもちあがり、八木克子はながく毒殺魔としての悪名を、明治の犯罪史上にのこすようになったのであると、「明治大正犯罪史」の編述者、福井作太郎氏は説いている。

ところがこの八木克子だが、彼女がなぜ「支那扇の女」と呼ばれているかといえば、それはつぎのような理由による。

明治十五年の秋、佐竹恭助は当時すでに八木冬彦の妻となっていた克子をモデルにして、一枚の絵をかいた。

この絵はその秋、佐竹たちのグループによってひらかれた洋画展覧会に出品されて、ひじょうな反響を呼び、日本の洋画史上、逸することのできない傑作とまでいわれた。この絵で克子は落ち着いた紫繻子《むらさきじゅす》の支那服《しなふく》を着て、真っ赤な支那扇をもっているのだが、この支那扇の色が印象的で、題も「支那扇の女」と、ついていた。この絵が問題になったところへ、後年ああいう事件が起こったので、そこで新聞はいっせいに彼女のことを「支那扇の女」と、呼んだのである。

福井作太郎氏も著書のなかでこの絵について言及し、つぎのように文章をむすんでいる。

「それにしても、あの絵はその後どうなったであろうか。筆者は手をつくしてその行方を求めたが、ついにうるところがなかった。伝うるところによると、克子の生家本多家では、克子の写真を全部焼きすてたということだが、あるいはこの絵もおなじ運命にあったのではあるまいか。もし、それならばじつに惜しいものである。あの油絵こそは日本の洋画黎明期をかざる、もっともかがやかしい傑作であったと思われるのに。……」

墓をあばく

さて、金田一耕助の探偵譚《たんていだん》へ筆をすすめていくまえに、この物語をお読みになる諸君に、もうひとつ些細《ささい》な事実を思いだしておいていただきたいのである。

昭和三十年の秋、旧子爵八木家の当主夏彦氏が、郷里S市にある先祖の墓をあばいたという事実を、当時、新聞でお読みになったかたは記憶していられるであろう。

夏彦氏は、「明治大正犯罪史」に出てくる冬彦の弟、春彦の孫にあたるそうである。すなわち、八木克子に子供がなく、また冬彦もあの事件ののち二年にして夭折《ようせつ》したので、次男の春彦が八木家を相続したのである。

さて、夏彦氏が先祖の墓をあばいたのは、べつに深い理由があったわけではない。

八木家の菩提寺浄哲寺というのが、S市の都市計画のために他へ移転しなければならなくなり、当然、八木家の墓も寺とともに他へひっこすことになった。ところが八木家の当主夏彦というひとは、新しい考えをもっているひととみえて、この機会に先祖の墓をあばいてみようと思いたったのである。

昔のことだし、ましてやお殿様のことだからもちろん土葬で、柩《ひつぎ》のなかには遺体とともに、代々のお殿様愛用の調度品などもおさめられたことだろうから、それらを発掘することによって、いくらかでも江戸時代の大名生活の一端が、うかがわれはしまいかという、奇特なかんがえからであった。

このこころみはかなりの収穫をおさめたようである。そこからは多くの珍しい品々が発掘されて、江戸時代の研究家たちをよろこばせたという事実が、新聞に報道されたのは昭和三十年九月下旬《げじゅん》のことであった。

自殺未遂の女

さて、以上ふたつの事実を念頭にとめておいていただいて、それではいよいよこの血なまぐさい事件のほうへ、話をすすめていくことにしよう。

この事件の幕が切って落とされたのは、昭和三十二年八月二十日の早朝、まだ朝靄《あさもや》の立てこめている五時ごろのことであった。

いかに明けるに早いその季節とはいえ、午前五時といえばまだ薄暗い。ましてやその朝はみょうに靄が立てこめていたので、視界もあまりはっきりしなかったという。ちょうどそのころ、東京都世田谷区成城町《せいじょうまち》の成城署に所属する木村巡査は、懐中電燈をつけたり消したりしながら、その夜のさいごのパトロールとして、じぶんの受持区域を巡回していた。

成城といえば東京でも有数の高級住宅地だが、とりわけ、いま木村巡査のパトロール中の区域は、成城の町でもよいお屋敷が建ちならんでいる一画である。

いまここによいお屋敷といったのは、主として建物そのものをいうのであって、かならずしもそこに住んでいるひとたちを意味しているのではない。

というのは、かつてそれらのよいお屋敷を建てたひとたちは、おおむね戦後没落して、家屋敷も売りはらって立ちのいていったので、いまそこに住んでいるひとたちの多くは、戦後どこからかここへ移住してきたひとたちである。

それらのひとたちのなかには、大げさにいえば、どこの馬の骨とも牛の骨ともわからぬような人物も、いなくはないというわけだ。

それはさておき、夜もしらじらと明けてきたので、木村巡査も懐中電燈のあかりを消して、ポケットのなかへしまいこんだ。

気がつくとあまり遠からぬところを、小田急の走る音がする。

ああ、もうそんな時刻なのか。……

と、腕時計を見ると五時十五分まえを示している。そろそろ街中《まちじゅう》が眠りからさめて、活動にはいる時刻である。

ああ、今夜も無事に明けてしまったか。……

と、そう考えると木村巡査は、ほっとすると同時に、またなんとなく物足りないような思いがしないでもなかった。

と、いうのがこの高級住宅地に、ちかごろひんぴんとして、盗難事件がつづいているからだ。

去年の暮れからこの町にはひんぴんとして盗難事件があいついでいる。いつもおなじ手口だから、おなじ犯人にちがいないと思われるのだが、それでいて、いまだにその犯人の片鱗《へんりん》さえつかむことができなかった。成城署の係官一同がやっきとなっているにもかかわらず、だれもまだあやしい影さえみとめることができないのだ。

パトロール中、さてはあいつがあやしかったというような人物にぶつかったお巡りさんさえいないのだから、犯人はよほど巧妙なやつにちがいない。

おそらくそのどろぼうは道路をよけて、垣根《かきね》ごしにお屋敷からお屋敷へと、忍んで歩くのだろうといわれている。どのうちも庭がひろくて、樹木の多いのがどろぼうにとっては好都合らしいが、パトロールにとってはやっかいだった。

まだ若い木村巡査はなんとかしてこの怪盗を捕えたい、いや、あやしい影に出会ってみるだけでもよいと、深夜のパトロールの番があたるたびに、若い功名心をもやしてきたのだ。

それだけにきょうも無事に夜が明けたということは、木村巡査にとってはいささか物足りない、拍子《ひょうし》抜けのしたような感じがしないでもなかったが、あとにして思えばかれはまちがっていたのである。

その日にかぎって無事に夜が明けたのではなかったのだ。かれのゆくてには怪盗事件など比較にならぬほどの、大きな事件が待ちかまえていたのである。

そこは成城の町のはずれにあたっていて、道路ひとつへだてたむこうは喜多見《きたみ》である。舗装《ほそう》のよくいきとどいた道の前後左右には、朝靄が立てこめていて、百メートルほどさきは、ぼんやりとかすんでいる。

木村巡査は手入れのよくいきとどいたつげの垣根をなにげなく曲がったが、そのとたん、五十メートルほどさきの露地口から、とつぜんとびだしてきた、レーンコートの女のすがたが目にとまった。

女は露地からとびだすと、すばやくあたりを見まわしたが、木村巡査のすがたが目にはいると、両手をあげてお祈りでもするような格好をして、それからくるりと踵《くびす》をかえすと、むこうのほうへいちもくさんに走りだした。

そのようすがただごととは思われなかったので、木村巡査も一瞬はっと立ちすくんだが、すぐ大声をあげてわめきながらあとを追いはじめた。

「奥さん、お嬢さん、ど、どうしたんです！ お待ちなさい！」

夏の明け方の朝靄のなかに、木村巡査のわめき声がひびきわたったが、あたりには木村巡査とその女のほかに人影はなかった。この高級住宅街の午前五時といえば、いっぱんのひとにはまだ早すぎるのである。

「もし、お待ちなさい！　奥さん！　お嬢さん！」

靄にかすんではっきりとはしなかったが、さっきちらと見たところでは、女の色の白さといい、またすらりとしたそのからだつきといい、まだ三十前という年ごろだろう。人妻ともうけとれたし、また、まだ娘かもしれない年ごろである。

しかも、その女のレーンコートの下に着ているのが、ズボンのような白いパジャマで、足もはだしであることに気がついたとき、若い木村巡査の胸は異様に波をうってきた。なにか事件が起こったのだ！

女がとびだしてきた露地口まで駆けつけたとき、木村巡査はちらとそのおくに目を走らせた。

そこはその家の勝手口だけのためについている袋小路《ふくろこうじ》らしく、袋小路のおくに勝手口があけっぱなしになっているのが、強く木村巡査の目をひいた。勝手口のなかはむろん真っ暗である。おそらく女はその勝手口からとびだしてきたのであろう。

「お嬢さん！　奥さん！　お待ちなさい！」

木村巡査は女のあとを追いながら、また大声でわめきつづける。木村巡査が勝手口のほうへ気をとられているあいだに、女との距離はまたひろがった。

木村巡査の声に目をさましたのか、かたわらの洋館の二階の窓がひらいて、ねむそうな目をした男が、ふしぎそうに顔を出したがすぐひっこんだ。

「お嬢さん……奥さん……」

木村巡査もしだいに呼吸がみだれてきたが、そこは男と女の体力のちがいである。いったんひろがった彼我《ひが》の距離がまたしだいにちぢまって、女のほぐれて乱れた髪が、うしろになびいているのが朝靄のなかにはっきりと見えてきた。

「奥さん、お嬢さん、お待ちなさいといったら待ちなさい。お嬢さん……」

と、いいかけて木村巡査はとつぜんぎょっと呼吸をのみこんだ。全身をささらでなでられたような恐怖をおぼえた。

朝靄のなかに不動橋が見えてきたからだ。

高台になっている成城の町も、そのへんから地盤が大きく断層をつくっていて、不動橋の下は十メートルほどのところを、小田急の線路が走っているのだ。しかも、いまごうごうたる音をたてて、上り電車がちかづいてくるのが聞こえるではないか。成城の駅までにはそうとう距離があるので、電車もまだこのへんではそれほどスピードを落とさないはずである。

女の目ざしているのはそこではないか……？

木村巡査は全身に無数の錐《きり》をもみこまれるような、痛いほどの戦慄《せんりつ》をおぼえたが、はたして女は不動橋のうえまでくると歩調をゆるめた。そして、ちかづいてくる電車に目をやりながら、下手《しもて》の欄干《らんかん》づたいに小走りに走って、とびこむ位置をきめている。

「奥さん、お待ちなさい！　お嬢さん！」

木村巡査は走りながら気ちがいのように絶叫した。うしろから、さっき洋館の二階からのぞいていた男が、アンダーシャツ一枚にズボンのベルトをしめながら追っかけてくる。その背後から二、三人男と女が走ってきた。

女は木村巡査のほうをふりかえると、片手をあげておしもどすような格好をした。レーンコートはただ腕をとおしただけなので、まえがひらいて、その下に着ているものははたして白っぽいパジャマだけだった。

女の顔はまるでさらし粉にでもさらされたような、光沢《こうたく》のない白さを示しており、両眼はつりあがって、絶望的な影を宿している。

女は欄干をのりこえようとした。

だが、幸か不幸か、そのときレーンコートのすそが何かにひっかかったとみえて、女はちょっとまごまごした。しかし、すぐめんどうだと思ったのか、いそいでレーンコートをかなぐりすてた。朝靄のなかに女の白いパジャマの色が、木村巡査の目にいたかった。

「あっ、よせ！　おい、こら、よさないか！」

木村巡査のことばは思わず乱暴になる。

「奥さん、いけない！　およしなさい！　そ、そんなばかなことを……」

「奥さん！……奥さん！……」

うしろから走ってきた男と女も、橋のたもとにつったったきり、気ちがいのように連呼する。だれもその橋のたもとの線からまえへ出ようとはしなかった。そうすることが女を死地に追いこむことになるのを恐れたのだ。

しかし、女の耳にはもうその声もことばもはいらないかのようである。

女はとうとう欄干をのりこえた。片手で欄干につかまると、身をかがめるような姿勢で、電車のちかづいてくるのを凝視している。電車はごうごうたる音をたてて、すでに百メートルほどのかなたまでせまっている。

不動橋のむこうがわの横丁から、ひょいと男がとびだしてきたのはそのときだった。車をひいた牛乳配達の男だった。

牛乳配達の男もその場のようすをみると、ぎょっとしたように立ちすくんだ。それからこちらへ合図をすると、車の梶棒《かじぼう》をおろして、そっとそのなかからぬけだした。

女は電車と木村巡査のほうへ気をとられていたので、反対の方角から背後にしのびよってくる牛乳配達に気がつかなかった。

電車がすぐ目のまえまでせまってきた。

女は身をかがめて跳躍の姿勢をとった。小走りに走りよった牛乳配達が、

「あぶない！」

とさけんでうしろから女のからだをはがいじめにしたのは、じつにあぶない瀬戸際《せとぎわ》だ

った。

木村巡査が駆けよって、欄干から下へずり落ちそうになったレーンコートをおさえたとき、ゴーッと音をたてて電車が橋の下をとおりすぎた。

血の中の少女

木村巡査はその瞬間、全身から骨をぬかれるようなけだるさをおぼえた。

いま電車のとおりすぎたあとをみると、四本のレールがつめたい色を見せて、遠く長くつづいている。つぎの駅になる喜多見のあたりは、まだ朝靄のなかにしずんでいたが、その朝靄もおいおい晴れていくらしい。きょうもよいお天気のようである。

木村巡査は女のレーンコートをわしづかみにしたまま、一瞬、そんなことを考えていた。それからまだ無意味な抵抗《ていこう》をつづけている女のほうへ目をむけると、

「ばか！　つまらないまねをするんじゃない！」

と、鋭くしかりつけておいて、牛乳屋といっしょに、まだ抵抗をやめない女のからだを、欄干のむこうがわからごぼうぬきにした。その瞬間、木村巡査は腹の底から怒りがこみあげてくるのをおさえることができなくなった。

どういう事情があるのかわからなかった。しかし、たとえどういう事情があるにもせよ、みずから若い命をたとうとする、この女の無鉄砲な行動にたいして、女がたすかっ

たとわかった瞬間から、木村巡査はむらむらとはげしい怒りがこみあげてきたのである。

気がつくと木村巡査は全身滝のように流れる汗だった。それはかならずしも疾走という過激な肉体的運動からきているのみならず、俗にいう手に汗にぎるスリルと緊張からより多くきているのだ。それにもかかわらずかんじんの女が、それほど汗をかいていないのも木村巡査には腹が立ってたまらなかった。

「ど、どうしたんです、奥さん！」

木村巡査が声をかけようとするそばから、べつの男がことばをはさんだ。アンダーシャツ一枚の男である。はあはあと呼吸をはずませながら、その男もとがめるような声だった。

「ああ、あなたはこのご婦人をご存じですか」

と、木村巡査がふりかえると、

「はあ。べつに深いおつきあいはありませんが、すぐ近所なもんですから顔はしってます。朝井照三さんといって、小説を書く人の奥さんです。名前はたしか美奈子さんとかいうはずです」

その男は四十前後の色の浅黒い、やせぎすなからだをした男で、足にはラバーソールの靴《くつ》をはいていた。

美奈子はもう抵抗するのをやめて静かになっていた。ぐったりと長いまつげをとじた顔は、たとえようもないくらい青白かった。なにかしら精神的な苦痛をくいしばっているように見えるくちびるは、ねじれるようにゆがんでいて、陰惨《いんさん》なまでに悲痛な印象をひとにあたえる。

それにしても、ちかくから見るその顔の、このうえもなく美しいのに気がつくと、木村巡査はまた新しい怒りがこみあげてくるのをおさえることができなかった。なんだってこんなに若い美しい女が、自殺なんてくわだてるのだ。

「はなして……」

とつぜん、美奈子がうめくようにつぶやいて身をもがいた。牛乳屋も興奮したのであろう。まだ夢中で女の腕を強くつかんでいたのだ。牛乳屋もびっしょり汗をかいている。

「はなしてやれ」

木村巡査が苦笑しながら命令すると、牛乳屋もやっと手をはなして頭をかいている。女は両手で顔をおおうと、静かに声もなく泣きはじめたが、そのとたん、木村巡査をはじめとして、そこに居合わせたひとびとは……その時分には、もうかなりの野次馬が周囲にむらがっていたのだが……思わずぎょっと息をのんだ。

美奈子の白いパジャマのそで口を、ぐっしょりと染めているのは血ではないか。しかも、その血はもうあらかた乾いているようだが、量からいえばそうとうのものである。

「奥さん！」

と、木村巡査が息をはずませて、

「それ、ど、どうしたんです！　血じゃありませんか」

と、手を出そうとするのを美奈子は強くふりはらって、きゅうに声をたてて泣きだした。腸のよじれるような泣き声である。

「奥さん、奥さん、泣いてちゃ話がわからない。それ、どうしたんですか。その血は……？　いったいなにがあったんです」

「いや！　いや！　あたしはなんにもしらない！　あたしはなんにもしらないのよう！　ああ、あたし死んでしまいたい……」

「なんにもしらないって、いったいどうしたというんです。いったい、なにがあったというんです、奥さん！」

木村巡査にからだをゆすぶられても、美奈子ははげしく首を左右にふりながら、

「しらない！　しらない！　あたしはなんにもしらないってば！」

と、両手で顔をおおうたまま、じだんだをふまんばかりにして泣きさけぶ。衆人環視のなかでのだだっ子のようなそのものごしは、あきらかにかなりひどいヒステリーの発《ほっ》作《さ》を起こしている証拠である。

「おまわりさん、このひとじぶんの家からとびだしてきたんですか」

そうたずねたのはアンダーシャツ一枚の男である。

「さあ、じぶんの家かどうかしらんが、このむこうの……」

と、ふりかえってみたが、そこからではさっきの露地口は見えなかった。

「あなたが窓からのぞいていたあの二階家の、少しむこうの家の勝手口からとびだしてきたらしいんだが……」

「それじゃ、この奥さんの家でしょう。いっしょにいってみたらどうです。このようじゃ、きっとなにか変わったことがあったにちがいありませんよ」

「いや！　いや！　あたし、いくのいや！　あたしこわい！」

美奈子は顔から両手をはなすと、涙のいっぱいたまった目でギラギラとあたりを見まわした。追いつめられた獣のように絶望と恐怖の交錯《こうさく》した目の色だった。

「あぶない！」

すきをみてまた欄干のほうへ駆けよろうとするのを、そばにいた男が抱きとめると、

「はなしてえ！　はなしてえ！　あたしを死なせてえ！　あたし死にたいのよう！　あたしを殺してえ！」

はげしいヒステリーの発作におそわれた女には、女とも思えないほどの力があった。

「畜生ッ！　かみつきやがった」

「こりゃ、もうあばれ馬もおんなじだ！」
二、三人よってたかってとりおさえようとするのだが、ぎゃくに女のためにふりまわされて、もみくしゃにされている。
かみつく、ひっかく、足でけとばす。ひとしきり女はあばれまわっていたが、やがて精も根もつきはてたのか、きゅうにぐったりと土のうえにへたばってしまった。そして、

両手に顔を埋めたまま、またしくしくと、泣きだした。

「ああ、ひどい目にあったよ」

と、木村巡査は苦笑しながら、投げとばされた帽子《ぼうし》のほこりをはらって、かぶりなおすと、

「すまないが、だれかこのひとをいっしょにつれていってくれませんか。とにかく家までいってみよう」

アンダーシャツ一枚の男が地上にうずくまっている女のそばへちかよって、なだめるようになにかささやいた。女もやっと納得《なっとく》したのか、泣きじゃくりながら、ひょろひょろと立ちあがった。

凶暴な発作の時期が過ぎて、虚脱状態がおそってきたのか、透きとおるような肌《はだ》の色は、あらゆる感受性をうしなったかにみえる。放心したような目にも、もうなんの感情もあらわれていなかった。涙も乾いていた。

アンダーシャツに手をとられて、女はすなおに足をはこびはじめた。

そこからさっきの露地口へかけて、沿道にはもうそうとうの野次馬である。朝靄はすっかり晴れて、東の空がかがやきはじめている。すがすがしい夏の朝なのだが。……

女は雲を踏むような足どりで、野次馬にかこまれて歩いてきたが、さっきの露地の入り口までくると、きゅうにまたまゆをつりあげて、あばれだしそうな気配を示した。

「奥さん……奥さん……」

アンダーシャツ一枚の男があわてでなだめにかかると、女は強く頭を左右にふって、観念したように目をとじた。目じりにまた涙が光っていた。

あとでわかったところによると、アンダーシャツ一枚のその男は、瀬戸口という歯科医だった。

木村巡査が先頭に立って露地のなかへはいっていくと、勝手口はさっき見たとおりあいていた。なかはまだ真っ暗である。

「奥さん、ご主人は……？」

木村巡査がふりかえると、

「主人は留守です。仕事にいってるんです」

と、うめくようにいってから、

「ああ、もう死んでしまいたい」

と、女はまたすすり泣きをはじめた。なにかしら絶望と狂気がいりまじったようなすすり泣きである。

「いったい、この家の家族は……？」

「ご夫婦のほかにお姑《しゅうとめ》さんとお嬢さん、それに女中さんもひとりいるはずなんですが」

と、答えたのはさっきの牛乳屋である。真っ暗な勝手口からなかをのぞくようにして、不安そうな顔色だった。

「とにかく、おまわりさん、なかへはいってごらんになったら……なんならわたしもおつきあいしましょう」

と、そばからすすめるのは歯科医の瀬戸口氏である。

「そうですか、それじゃ……」

とにかく、これだけおもてがさわいでいるのに、だれも顔を出さないのはおかしい。美奈子のパジャマについている血の量といい、一家鏖殺《おうさつ》……と、そういう不吉な思いが頭をかすめて、若い木村巡査は緊張した。

「それじゃ、瀬戸口先生、あなたもいっしょにきてください」

「承知しました。奥さん、あなたもどうぞ……」

木村巡査がまずいちばんに勝手口で靴をぬいで、土間からうえへあがったが、そのとたん思わずぎょっと立ちすくんだ。

「君や！　君やはどうしたのよう！　君やったら！」

と、おくのほうからじれったそうな声が聞こえてきたからだ。まだ幼い子供の声のようである。

そのとたん、瀬戸口氏に手をひかれて、勝手口の外に立ちすくんでいた美奈子が、はじかれたように顔をあげて、

「ああ、小夜子……あの子はまだ生きていたのね」

木村巡査はまたぎょっとして、美奈子のほうをふりかえった。美奈子はしかし、べつ

にこれという大きな感情のうごきも示さず、またいそいでおくへ駆けこもうとする気配もない。

「小夜子さんというのはお嬢さんですか」

「…………」

美奈子はあいかわらず、うわずった瞳をすえたまま放心したようにうなずいた。そのようすが木村巡査には冷淡に見えた。

そのときまた、さっきとおなじ方角から、幼い、かん走った声が聞こえてきた。こんどはおばあちゃん、おばあちゃんと呼んでいる。

木村巡査はいぶかしそうに、美奈子の顔を見まもりながら、

「お嬢さんはどうしてここへとびだしてこないんです。なぜあんなに金切り声を張りあげて、さけびつづけているんです」

「こちらのお嬢さんなら……」

と、勝手口の外に立っている牛乳屋が説明した。

「足がお悪いんです。たしか小児麻痺《まひ》とか聞いてますが、ひとの助けを借りないと歩くことができないんです」

おくから聞こえる幼児の声は、ますますかん高く、いそがしく、しまいには泣き声に変わってきたが、それにもかかわらずその母親が、いっこうおくへ駆けこもうとしないのはどういうわけだろう。

そこへ美奈子を近所のひとにあずけてきた瀬戸口医師が、靴をぬいであがってくると、

「あの奥さんとはなさぬ仲だそうですよ」

と、耳のそばでささやいて、

「さあ、おくを調べてみましょう」

と、木村巡査をうながした。

お勝手から台所をぬけると四畳半の茶の間があり、そのつぎが六畳と八畳、いちいちふすまをひらいてみたが、べつになんのかわりもなかった。

六畳と八畳の裏側に三尺の廊下が走っていて、その廊下をへだてて、湯殿《ゆどの》に納戸《なんど》に女中部屋、女中部屋の障子はあけっぱなしになっていて、なかに寝床がしいてあったが、女中のすがたは見えなかった。

この狭い廊下をつっきると、そこは縁側と廊下が十文字に交差していて、むこうに離れみたいな部屋がまだふたつほどあるらしい。どこも雨戸がしまっているので、家のなかは薄暗いが、幼児の声はその離れのおくの部屋から聞こえるらしい。かんしゃくと不安といらだちで、幼児の声はすっかりうわずってかすれている。

この廊下の十字路まできたとき、瀬戸口氏はぎょっとしたように立ちすくんだ。

「木村さん、あれ……」

と、かすれたような声である。

見ると右側に折れ曲がった廊下の正面にせまい階段があり、階段の下のむかって右側

がトイレになっているらしく、トイレのドアのすりガラスをとおして、鈍い外光がさしこんでいる。その外光のなかにだれかが倒れているのだが、ひとめそのほうへ目をやったとたん、木村巡査は背筋をつらぬいて走る戦慄をおさえることができなかった。

そのへん一帯の廊下を染めている赤黒いものは血ではないか。

木村巡査と瀬戸口氏が、おそるおそるちかづいてみると、それはねまき姿の女であった。うつぶせにたおれているので顔はよく見えなかったが、髪のかたちといい、肩から腰へかけての若々しい曲線といい、女中ではないかと思われた。その女のたおれている周囲いちめん、おびただしい血潮の飛沫《ひまつ》と血溜まりだ。

木村巡査がおののく手で懐中電燈の光をさしむけると、その女はどうやら額をわられているらしく、血溜まりのなかに鼻がおしつぶされそうにひしゃげている。

「木村さん、死体にさわらないほうがいいんじゃありませんか」

瀬戸口氏がささやいた。瀬戸口氏の声も乾いて、うわずっている。

木村巡査はうなずいてからだを起こすと、そこらじゅうを懐中電燈で見まわしたが、その額から滝のように汗がながれている。

「このようすじゃお姑さんというのも……」

瀬戸口氏のつぶやく声を聞くと、木村巡査はまた、つめたく背筋をつらぬいていく戦慄をおさえることができなかった。

トイレと廊下ひとつへだててむかいあったところに、二枚のふすまがしまっている。

ちかごろ流行の洋間の壁紙にでもつかいそうな、派手なふすま紙である。

木村巡査はそのふすまをひらくのがこわかった。

ふたりはもういちど、廊下が十文字に交差しているところへひきかえすと、離れの縁側をおくへすすんだ。

右側に猫間障子《ねこましょうじ》が四枚はまっているが、その障子のうちまんなかの二枚はガラスがすけてみえた。木村巡査がそのガラス越しに懐中電燈の光をむけると、そこは六畳になっているらしく、その六畳の中央に寝床がしいてあり、その寝床のなかに老婆があおむけにひっくりかえっている。

その老婆の額がざくろのように、真っ赤にはじけているのをみると、木村巡査はもういちど、ゾーッと背筋に戦慄を走らせた。

懐中電燈の光をまわすと、まくらもとは一面の血の海らしい。

木村巡査と瀬戸口氏はとがりきった目を見かわしたが、そのあいだじゅうおくの部屋から呼ぶ幼児の声はこやみなくつづいていた。

「そこにいるのはだれ……？　君やじゃないの……？　早く起こしてちょうだい。小夜子、カンシャク起こしちゃうわよ。おばあちゃま、おばあちゃまったら！」

木村巡査と瀬戸口氏は六畳のまえをとおりすぎて、縁側のとっつきにあるドアをひらいた。

そこは四畳半ばかりの洋風の部屋になっており、小さいベッドに腰をおろしたパジャマすがたの少女が、パジャマの両手で胸を抱いて、小鳥のようにふるえていた。

寝室の犯罪史

「なるほど、この家には階段がふたつついているんですね。玄関の正面にあった階段と、それからこの裏階段と……」

金田一耕助は、等々力《とどろき》警部のあとについて、狭い裏階段をのぼりながら、ぼんやりと、ひとりごとのようにつぶやいた。おもての玄関をはいった正面にも階段がついていたのを、思いだしたからである。

「この裏階段は、たぶん便所へおりるためについているんでしょうな、この家の夫婦は、二階に寝室をもっているようですから」

けさから、この現場へつめかけている等々力警部は、もうこの家の勝手も、ひととおり心得ているのである。

「そら、気をつけてくださいよ。点々として、血のしずくがたれておりますからね」

等々力警部は、せまい裏階段の上にたれている血のあとを懐中電燈の光で示しながら、さきに立って、せまい裏階段をのぼっていく。それは事件が発見された日、すなわち昭和三十二年八月二十日の午後二時ごろのことである。

金田一耕助は、等々力警部にちょっとたのみたいことがあって、警視庁の第五調室《しらべしつ》へたずねていったが、警部が、こちらのほうへ出張しているというので、所轄《しょかつ》の成城署へ電話をかけたところ、ちょうど等々力警部がそこにいあわせた。

等々力警部は、事件の輪郭を電話で話すと、ちょっと興味のある事件だから、出向いてこないかと金田一耕助にさそいかけた。

金田一耕助も、なんとなくそそられるようなものを感じたので、いまこうして現場へ駆けつけてきたところなのである。

もちろん、もうその時分にはふたつの死体は、解剖《かいぼう》のためにもよりの病院へひきとられていた。しかし、便所のまえの廊下や、離れの六畳の血痕はまだそのままで、それを見ただけでもいかにこれが血なまぐさい事件であるかが想像され、金田一耕助はぞうっとそそけだつようなものをおぼえずにはいられなかった。

金田一耕助は、それらのなまなましい現場を見せてもらったあとで、いまこうして、等々力警部のあとについて、裏階段を二階へのぼっていくのである。その裏階段には、点々として、血のしずくがたれているのだが、その血痕は、上にあがっていくにつれて、しだいに少なく、稀薄《きはく》になっている。そして、階段をのぼりきったところに、どっぷりと血を吸ったまき割りが、無気味な光をはなって投げだされているのだ。

「これは……」

と、金田一耕助は息をのんで、

「事件が発見されたときから、このまき割りはここにあったんですか」

「ええ、そうです、そうです。写真をとる都合やなんかでこのままにしておいたところが、さっきあなたから電話があったので、ひとつお目にかけようと思って、手をつけずにおいたんです」

そのまき割りは、ぐっしょりと血に染まったまま、そこへいったん投げだされたのち、その血があらかた乾いた時分に、だれかがいちど取りあげて、またそこへ投げだしたらしく、廊下についている血のあとと、いま、まき割りのある位置と、多少ずれているところがある。

「階下で人殺しがあって、その凶器が二階にあるというのはちとみょうですね」

「その反対ならわかるんですがねえ、ここいらが、この事件のちょっと腑《ふ》に落ちないところなんです」

と、等々力警部も、金田一耕助のことばに相づちをうった。

二階は二間あって、一つは主人の書斎になっているらしく、南向きの部屋いっぱいの窓にむかって、大きな机がすえてあり、一方の壁には、ぎっちり本のつまった書架がある。机の上には、原稿用紙や、雑誌の類が乱雑に積みかさねてあった。

「ああ、ここのご主人は、小説かなんかを書くんですか」

表の門の表札には、朝井照三という名前が書いてあったが、金田一耕助には、そういう名の小説家は思いあたらなかった。等々力警部もしらないらしく、

「そうだって話ですよ。いままであんまり聞いたことのない名前ですがねえ」

その書斎の次が、夫婦の寝室になっていて、ベッドがふたつならんでいる。

「金田一先生、ここにちょっとみょうなものがあるんですよ」

「みょうなものって……？」

「ほら、これなんですが……」

ベッドとベッドのあいだに、電気スタンドや、置時計ののっかった小卓があり、その小卓のうえに、古ぼけた一冊の単行本が投げだされている。等々力警部の指さしたのはそれだった。

金田一耕助は、その単行本をのぞきこんで、おやっというように目をみはった。単行本の題は、

「明治大正犯罪史」

編述者は福井作太郎である。

「ここの主人は、探偵《たんてい》小説を書くんですか」

「いやあ、なんでも、さっき聞いたところでは、子供のものを専門に書いているらしいって話ですがねえ。たぶん童話かなんかじゃないですか」

「それにしちゃあ、『明治大正犯罪史』とは……童話作家としちゃ、いささかおだやかじゃありませんね」

と、金田一耕助は、その本のうえへのぞきこんで、

「警部さん、この本さわっちゃいけませんか」

「いいえ、どうぞ、指紋はもう検出したはずですから」

等々力警部に聞くまでもなく、本の表紙には薄白く、銀灰色《ぎんかいしょく》の粉末が光っている。鑑識課員が、指紋を検出したあとである。

金田一耕助がその本を手にとってみると、ページのあいだに、かわいいしおりがはさんである。そのしおりのページをひらいてみると、出てきた題が、

「支那扇の女」

傍注《ぼうちゅう》として、

「毒殺魔、八木子爵夫人克子」

金田一耕助は、思わず等々力警部と顔を見あわせた。等々力警部は、金田一耕助と本のページを見くらべながら、

「こんな事件、記憶がありますか」

「はあ、そういえばずっとまえに、読んだような記憶がありますね。そうそう、なんでもこの題にある支那扇の女というのは、油絵の題だったとおぼえています。だけど、なんだってこんな血なまぐさい本を、場所もあろうに夫婦のベッドルームにもちこんだものかな、ねえ、警部さん」

「はあ」

「ここにはさんであるこのしおり、こりゃああきらかに婦人用のものですからね。そうするとこの記録を読んでいたのは、奥さんのほうかな」

金田一耕助は、その本をもったまま、しばらくぼんやり考えていたが、やがてばったりそれを閉じると、もとの小卓の上にもどしたが、そのときふと目についたのは、電気スタンドと置時計のそばにおいてあるものである。それは封を切った睡眠剤の箱と、三分の一ほど水ののこったコップである。

「睡眠剤はだれが愛用しているんですか、旦那さんかな、それとも奥さんのほうかな」

「さあ。ゆうべ飲んだとしたら……いや、このコップに水がのこっているところを見ると、ゆうべ飲んだにきまってますが、そうだとしたら女のほうでしょうな」

「どうして……？」

「ご亭主のほうは、ゆうべ家にいなかったそうです。ほかに仕事場をもっていて、そこへいってものを書くんだそうですがね」

「ああ、そう」

「金田一先生、それをおかしいとはお思いになりませんか」

「どういうこと」

「だって、こういう閑静なところに書斎をもっていながら、渋谷のアパートに仕事場をもっているというんです。それじゃあまるであべこべのような気がするんですが」

「しかし、そりゃあ、まあ、家にいると来客がおおぜいあって困るということもありましょうから、いちがいにはいえませんね。作家先生がたの気持ちは、われわれの常識じゃあ判断のできかねることが多いんじゃありませんか」

「まあ、そういえばそうですがねえ」

等々力警部の返事には、なにか奥歯にもののはさまったようなものがある。金田一耕助は、そのほうへちらっと視線を走らせると、

「それじゃあ、ここでお話をうかがいましょうか。階下で惨殺されていたふたりの婦人というのは……？」

「ああ、そう」

と、等々力警部は、ベッドのひとつに腰をおろすと、ポケットから手帳をとりだした。

「年寄ったほうは藤本恒子、五十八歳。ここの主人朝井照三のなくなった先妻のおふくろさんだそうです。若いほうは武田君子、十八歳、女中ですね」

「そうすると、ゆうべ睡眠剤を飲んだらしいという奥さんは後妻なんですか」

「そうです、そうです。昭和二十九年の春に先妻の康子というのが死亡して、その翌年、すなわち三十年の春に今の細君、美奈子というのと結婚したんだそうです。この美奈子というのが、けさ自殺しかけた女ですね」

「自殺……？」

と、金田一耕助は、思わず目をみはって、等々力警部の顔を見なおした。

「あ、そうそう、電話ではそこまではいいかねたんですが。……それじゃあここで、事件の発端というのをお話ししておきましょう」

と、等々力警部は、簡単に、しかし要領よく木村巡査の報告のあらましを語って聞か

せた。

「なるほど、自殺をねえ、その奥さんが……」

「そうです、そうです。それに、パジャマのそでに血がついているところやなんかからしても、いちおう、その美奈子というのが、重大な容疑者となっているんですが、なにか、よほど複雑な事情があるらしいんですね」

「で、本人はなんといってるんですか」

「いや、それが、ひどい興奮状態なので、まだ聞くひまがないんです。いまんところまだ聞きとりをするような精神状態じゃないんですね。だから目下、ここの警察で保護をくわえてあるんですが。いつまた自殺をくわだてるかもしれないというような状態なんです」

「なるほど……」

と、金田一耕助は、窓の外にひらけた、美しいこの高級住宅の景色を見ながら、ぼんやりと、五本の指で、もじゃもじゃ頭をかきまわしている。

八月下旬の強烈な午後の日ざしが、うちつづく屋根瓦《やねがわら》のうえにかげろうとなって燃えているが、それでも、木の多いこの町は、鮮やかな陰影をつくってしっとりとした落ち着きを見せている。

金田一耕助は、その景色から等々力警部のほうへ視線をうつすと、

「それで、ここの家の家族は……？」

「全部で五人なんですね、主人の朝井照三と細君の美奈子、主人は三十六歳、細君は二十六歳だそうです。それからことし九歳になる娘の小夜子、むろん先妻康子の娘ですね。このほかに、先妻の母の恒子、女中の君子……と、このさいごのふたりが、ゆうべ惨殺されたわけです」

「それで戸締まりやなんかは……？」

「いや、それがねえ、金田一先生、このへんはちかごろひんぴんとしてどろぼうに見舞われてるんです。むろん同一犯人らしくひじょうに巧妙な手口で窓をこじあけたり、ガラス戸をやぶったりして侵入してくるわけです。ところが、ここの家の勝手口……そこからけさ、細君がとびだしたらしいんですが……その勝手口に外からこじあけたような痕跡があるんですがねえ」

金田一耕助は、ぎょっとしたように等々力警部の顔を見なおして、

「警部さん、それじゃあこれ、強盗のしわざだとおっしゃるんですか」

「まさか……強盗がおしいって、姑と女中を殺したからといって、そこの細君が、とびこみ自殺をくわだてようというのはおかしいですからねえ。それに、勝手口をこじあけたらしい痕《あと》だって、工作しようと思えばできないことはありませんからね」

「その勝手口から、細君が外へとびだしていったんですね」

「ええ、そうなんです。だから、その勝手口を細君自身がひらいたのか、あるいは、それ以前からひらいていたのか、そこのところがまだはっきりわからないんです。なにし

ろ、美奈子の聞きとりが、とれないもんですからね。しかし、強盗がおしいったとしても、べつに盗まれたものはなさそうですよ。たんすやなんかも調べてみたんですが、べつにどこにも、ひっかきまわした形跡はなさそうですし、ここの主人もいまのところ盗まれたと思われるものはないといってるんです」

「それじゃ、ご主人もかえってるんですね」

「ええ、けさ電話をかけて呼びもどしたんだそうです。渋谷の松濤《しょうとう》、兎月荘《とげっそう》というアパートに部屋を借りているんですがね、さすがに細君も主人の仕事場だけは申し立てたもんですから、さっそく電話で呼びもどした、というわけです」

金田一耕助は、ちょっと考えたのち、

「それで、犯行の時刻は……？」

「真夜中の一時前後だろうというんですがね。まあ、強盗がおしいるとすると、ちょうどよい時刻です。しかし、犯人が強盗にしろそうでないにしろ、壁一重となりに寝ていた孫の小夜子が、ぜんぜん気づかなかったというのもみょうな話です。それに、細君の美奈子が、夜が明けかけてから、ここをとびだし、投身自殺をしようとするのも、強盗説とは、いささか矛盾《むじゅん》するような気がするんですがね」

「なるほど」

と、金田一耕助は首をかしげて、

「それで、ここの主人はいまこの家にいるんですね」

「ええ、階下の応接室にいるはずです。これもだいぶん興奮していて、わたしもあまりくわしい話は聞いていないんですが、お会いになりますか」

と、等々力警部は、ベッドのはしから立ちあがった。

「ええ、もちろん会ってみたいんですが……」

と、金田一耕助は、もういちど、「明治大正犯罪史」をとりあげて、

「いったいだれがこれをベッド・ルームへもちこんだか、それを聞いてみようじゃありませんか。それに、睡眠剤を常用しているのが夫婦のどちらか、ということも……」

そのとき、階下で電話のベルがけたたましく鳴るのが聞こえた。だれかがそれに応答しているが、その声がしだいに高くなってくるのを聞くともなしに聞きながら、金田一耕助は警部にむかって、

「警部さん、この本もっていっちゃいけませんか」

「ああ、いいですとも、もう指紋はとったはずですから。しかし、金田一先生、この本がなにか……」

「やっぱり気になるじゃありませんか。犯罪のあった家に犯罪の本……もちろん、これは偶然かもしれませんがねえ」

ふたりが表階段から、階下の玄関わきへおりていくと、あけっぱなした茶の間で電話を聞いていた刑事が、警部の姿を横目で見ると、

「あっ、警部さん、ちょっと……」

と、片手をあげて呼びとめた。そして、なお、ふたこと三こと、電話にむかって応答していたが、やがて、ガチャリと受話器をかけると、興奮に目を輝かせている。

「志村君、なにか……？」

と、等々力警部と金田一耕助が茶の間へはいっていくと、そこにはここの捜査主任、山川警部補の姿も見えた。

「志村君、なにか重大な用件かね」

と、山川警部補が金田一耕助に目礼しながらたずねると、

「はあ……警部さんも聞いてください」

と、志村刑事が声をひそめたのは、たぶん、応接室にいる朝井照三に聞かれぬためだろう。

「いま、署から電話があったんですがね」

「署から、何か……？」

「はあ、保護をくわえているここの家の細君が、また自殺をくわだてたそうですよ。睡眠剤を一箱飲んで」

「睡眠剤を……？」

と、山川警部補が目をみはるのと異口同音《いくどうおん》に、

「睡眠剤……？」

と、等々力警部もまゆをひそめて、

「あの女が、そんなものをもっていたのかい」

「こりゃ、もちろん、われわれの手落ちです。あの女、いったいどこにかくしていたのか……」

「志村君、そ、それで生命のほうは……？」

と、さすがに山川警部補は狼狽《ろうばい》している。

「いや、発見がはやかったので、生命のほうには別状ないそうです。しかし、どうも、とんだ失態で……」

と、志村刑事は恐縮している。山川警部補は目をとがらせて、くちびるを強くかんでいた。

夢中遊行癖

「朝井さん、お待たせしました」

それからしばらくして、等々力警部と金田一耕助、所轄警察の捜査主任、山川警部補の三人が応接室へはいっていくと、朝井はふかく首をたれて、黙然としてなにかを考えこんでいるふうだったが、山川警部補の声を聞くと、ぎくっとしたように顔をあげて、

「あ、いや……」

と、アームチェアーの両腕を、両手でかたくにぎりしめると、ちょっと腰をうかすよ

うにして、等々力警部と金田一耕助の顔を見くらべた。

なかなかの好男子である。――と、金田一耕助は思った。色白の細面《ほそおもて》で、貴公子然とした美男子だが、徹夜したあとのような憔悴《しょうすい》の色が、くろぐろと目のふちを深くくまどっている。

「そちらは警視庁の等々力警部。それからこちらは金田一耕助先生といって、われわれが、こういう事件の場合、ご助力を得ているかたですが」

と、山川警部補が紹介すると、

「ああ……」

と、答えたものの、朝井照三は放心したようなまなざしで、金田一耕助のもじゃもじゃ頭を見つめている。いくらか疑惑の念をこめたその視線が、あまり露骨すぎたので、金田一耕助が照れぎみに視線をほかへそらしたくらいである。

山川警部補は等々力警部とともに、朝井照三のまえに腰をおろすと、

「警部さん、あなたからどうぞ」

「ああ、そう」

と、等々力警部はうなずいて、ちょっと身をのりだすようにすると、

「朝井さん、あなたゆうべ、渋谷のアパートに泊まっていられたとか……?」

「はあ、兎月荘というアパートに仕事場をもっているものですから……」

「それで、けさまでこの事件をご存じなかったんですね」

「もちろん、しりませんでした。八時ごろ、こちらの警察のひとがやってきて、話を聞いてびっくりしてしまって……」

と、朝井照三はなにかしら、臆病《おくびょう》な犬のような感じのする暗い視線を絨毯《じゅうたん》のうえに落とした。

「あなた、ゆうべずっとアパートに？」

「はあ、少しいそぎの仕事があったものですから……」

「何時ごろからアパートに閉じこもっておいででしたか？」

「さあ……ここで夕飯を食って出て、バスで渋谷までいき、それからぶらぶらアパートまでいったんですから、だいたい七時半ごろじゃなかったでしょうか」

「それから、一歩も部屋をお出になりませんでしたか？」

「いや、十時ごろにアパートを出て、道玄坂《どうげんざか》をぶらぶら歩きました。そのとき、〝モナミ〟という喫茶店へはいって半時間ほどレコードを聞きながら、コーヒーを二杯飲みました。アパートへ帰ったのは十一時ごろでしたっけ」

「それ以後は？」

「はあ、それは……トイレへは二、三度いきましたよ。しかし、それ以外は部屋に閉じこもりっきりで、けさの二時ごろまで仕事をしていたんです」

「ということは、十一時ごろ道玄坂の散歩からかえってからは、一歩も兎月荘から出なかったということですね」

「ええ、それは、もちろん」

「だれかそれを証明できるひとがありますか」

朝井はぎょっとしたように、警部の顔を見なおして、しばらくまじまじと相手の瞳をのぞきこんでいたが、やがて、かすかに肩をゆすると、口のはたに弱々しい微笑を浮かべて、

「どういうわけで、そういうおたずねがあるのかしりませんが、隣室の住人か、アパートの管理人が証明してくれるのではないでしょうか。しかし……」

「しかし……？」

と、等々力警部がおうむ返しにつっこむと、

「しかし、なにしろ真夜中のことですからねえ。みんなもう寝ていたとすれば証明してもらえないかもしれません。だから、もし、あなたがたが、わたしのアリバイ調べをしようとなさるならば、わたしには証明できないかもしれません」

と、秀麗な朝井照三のおもてに、興奮したような血が潮がさすようにのぼってくるのを、警部はかるくおさえて、

「いや、なに、気になさらないで。これはほんの形式的な質問でしてね。それじゃあもうひとつおたずねしますが、あなたがたご夫婦の寝室に、睡眠剤がありますね。あれはどなたが服用なさるんですか」

「ああ、あれは家内の美奈子が飲むんです。神経がたかぶって寝られないといいだして

……」

「いつごろから……？　ずっと以前から……？」

「ええ、だいたい結婚した当時から神経質なほうでしたが、睡眠剤を飲まなければねむれなくなったのは、この夏の初めごろからでした」

「なにか、それには原因が……？」

「はあ……」

「なにか奥さんの神経を、大きくゆすぶったとか、刺激したとかいうようなケースでもあってのことですか」

「いいえ、べつにこれといったはっきりした原因も動機もないんでしょうが、まあ、ああいうこと、習慣の問題じゃないでしょうか。ああいう薬は……」

「ああ、そう」

と、等々力警部は金田一耕助をふりかえると、

「それじゃ、金田一先生、あなたなにか、朝井君にご質問は……？」

「ああ、そう、それじゃ朝井さん」

と、金田一耕助が警部のそばから口をだすと、朝井照三はあやしむように、かれのもじゃもじゃ頭を見なおした。

朝井があやしむのもむりはない。金田一耕助は例によってなんどか水をくぐったような白絣《しろがすり》に、よれよれになった夏袴《なつばかま》をはき、なおそのうえに雀《すずめ》の巣のようなもじゃもじゃ

頭だから、だれだってこれが有能な探偵だとは思わないだろう。

金田一耕助は、しかし、あいての表情など委細かまわず、

「こういう本が寝室にあったんですが、これはどなたがお読みになるんですか」

金田一耕助が、だしぬけに、例の「明治大正犯罪史」をつきつけると、朝井照三はびっくりしたように、両手で強くアームチェアーの腕をにぎりしめた。

「そ、それ、どこにあったんですか」

「寝室の電気スタンドののっかっている、小卓のうえにありましたよ」

「それじゃ、ゆうべまた美奈子が読んだんだな。それを読んじゃいけないと、あれほどいって聞かせておいたのに……」

朝井照三の顔は恐怖にゆがんで、額からねっとりと汗が吹きだしてくる。

金田一耕助は鋭く、その顔を見まもりながら、

「きょうどしおりがはさんであるところに、支那扇の女、毒殺魔子爵夫人八木克子のことが出ているんですが、読んじゃあいけないというのはこれなんですか」

朝井照三はぎょっとしたように、金田一耕助の顔を見なおしたが、やがて暗い目をしてうなずいた。

「読んじゃいけないというのは、女性の読み物として適当でないということですか。それともほかに特別の理由でも……？」

朝井照三のゆがんだ面上には、いよいよ不安と恐怖の色が深くなってくる。額には、

粟《あわ》つぶをまいたようなひどい汗だ。しばらくかれはおびえたように、金田一耕助の手にした本を見つめていたが、やがて、ぜいぜいとのどを鳴らすと、

「この問題が……つまり『支那扇の女』と呼ばれた八木克子の問題が、どんなに美奈子を悩ませたことか……。それが、あれの神経衰弱の原因となり、あれをひどい不眠症におとしいれたんです」

「と、いうのは……？」

と、金田一耕助が追及すると、

「と、いうのは……」

と、朝井は追いつめられたような目の色で、等々力警部と金田一耕助の顔を見くらべながら、

「そこに、毒殺魔としてあげられている八木克子というのが、美奈子にとっては大伯母《おおおば》にあたるんで。だから、あれは、いつごろからか自分の体内に犯罪者の血がながれている、という妄想を抱きはじめたのです。そして、そのことを思いつめた結果、夢遊病というやっかいな病気にとりつかれたのです」

「夢遊病……？」

と、等々力警部はあきれたようにあいての顔を見まもっている。金田一耕助もさぐるようなまなざしで、朝井の顔を見なおした。山川警部補の瞳には深い猜疑《さいぎ》の色がきざまれている。

「朝井さん、それじゃ奥さんには、夢中遊行《むちゆうゆうこう》の病癖《びようへき》があったとおっしゃるんですか」

朝井照三は暗い目をしてうなずきながら、

「そうなんです。そのことがあれをくるしめ、それを気にするあまりひどいノイローゼになったんです。そして、それ以来、睡眠剤の力を借りて、むりやりにでも寝てしまおうと努力していたんです。いや、睡眠剤の力を借りなければ眠れないような習慣がついてしまったんです」

金田一耕助と等々力警部は、しばらく無言のまま、あいての顔を見まもっていた。朝井は暗然たる目をぼんやりと窓外の強い日ざしになげかけている。

等々力警部はひざをのりだすと、あたりをはばかるような声で、

「それでは、こんどの事件は奥さんの夢中遊行時の犯行だとおっしゃるんですか」

「いいえ、いいえ、とんでもない！」

と、朝井照三は反抗的なまなざしで警部の視線をはじきかえすと、

「それとこれとは、話は別です。ぼくはただ家内に夢中遊行の病癖があったと、ただそれだけを申し上げているんです。それに……」

「それに……？」

「いや、さっき刑事さんに聞いたんですが、ゆうべこの家にどろぼうがおしいった形跡があるというじゃありませんか。ちかごろ、このへんには、むやみにどろぼうがはいるんです。だからゆうべのあの事件も、きっとどろぼうがやったことにちがいありません。

美奈子が……、まさか……美奈子が……、まさか……」

とはいうものの、朝井の語尾はかすかにふるえて、やがて口のなかで消えていった。

なにかしらかれも思い惑い、疑い悩んでいるらしい。

金田一耕助は美男子だが、どこか暗い影のある朝井照三の横顔を、まじまじと見まもりながら、

「ところで、朝井さん」

「はあ……」

「この本はいったいどなたが手に入れたんですか。そうとう古い本のようですが」

「いや、その本なら昔からぼくがもっているんです」

「あなたが……？　あなたは子供のものをお書きになるという話ですが、すると、犯罪などにも興味をもっていられるんですか」

「いや、そういうわけでなく、そこにでている八木克子の良人というのは、ぼくにとっては大伯父《おおおじ》になるんです。ぼくは八木冬彦の弟で、のちに八木家を継いだ春彦の孫、つまり外孫になるんです。だから、じぶんの一家に関することが出ているもんですから、昔からその本を保存しているんです」

金田一耕助と等々力警部は、すばやく目と目を見かわすと、また、あらためて、朝井照三の顔を見なおした。山川警部補の瞳に浮かぶ猜疑の色はますます深くなってくる。

金田一耕助はしばらく朝井照三の顔と、じぶんの手にした本を見くらべていたが、

「それじゃ、この本をいちおう読ませていただくとして、朝井さん」

「はあ」

「ゆうべ殺害された藤本恒子さんですねえ、あのひとは、あなたの亡くなられた先《せん》の奥さんのお母さんだという話ですが……？」

「はあ」

「そうすると、先の奥さんが亡くなられてからも、ずっとあなたとごいっしょに暮らしていらっしゃるんですね」

「はあ、あのひとも、ほかにいくところがないものですから……ひとり息子……亡くなった康子の兄ですね、それが戦争で亡くなったものですから……それに小夜子にとっては、なんといっても肉親の祖母ですからねえ」

「なるほど」

と、等々力警部はうなずいて、

「それで、現在の奥さんとのおりあいは……？」

「はあ、べつに可もなし、不可もなしというところでしょうか。そりゃ、美奈子にとってはけむたい存在でしたでしょうが」

「こんなことをおたずねするとは、まことに恐縮なんですが、これも、こういう際ですからお許し願うとして、そのお母さんと奥さんが角目立《つのめだ》っていたというようなことは……？」

「はあ、それは……」

朝井はちらっと目をあげて、金田一耕助の顔色をうかがったが、すぐにその目を床に落とすと、

「それはさっきも申し上げたとおり、母というひとは美奈子にとってはけむたい存在だったでしょうし、また、母にしてみれば、かわいい娘を早死にさせたくやしさもありましょう。だからあんまり仲のいい嫁姑《よめしゅうと》とはいえませんでしたけれども、さりとて、そういがみあうというようなことは……どちらかというと、美奈子は、ごくおとなしやかな内気な性質ですからね」

「ということは内向性の性格だということですね」

と、よこからくちばしを入れる等々力警部の語気は鋭かった。

「はあ、そうおっしゃればまあそうでしょうが……」

といいかけて、朝井ははっとしたように、等々力警部の顔を見なおすと、

「いいえ、いいえ、そんな……あなたのおっしゃるようなそんなこと……内向性の性格が爆発して、ああいうことをやったんじゃないかとあなたがおっしゃるんだとしたら、それはちがいます。そ、そんな、あれはやっぱりどろぼうのやったことなんです。美奈子は……美奈子は……」

「美奈子さんが……？　どうしたとおっしゃるんです」

「いいえ、いいえ……」

と、等々力警部を見すえる朝井照三の目はしだいにもの狂おしく、血走ってきて、この男じしんの体内にも狂気の血でもながれているのではないかと思われるばかりであった。

金田一耕助と山川警部補は、無言のまままただまじまじとこの美貌の男の顔を見つめるばかりである。

埋もれた肖像画

朝井美奈子が、係官の質問に答えられる程度に回復したのは、事件があってから三日目、すなわち八月二十二日の朝のことであった。

多量の睡眠剤を服用した美奈子は、むりやりに胃《い》洗滌《せんじょう》をされて、肉体的にも精神的にもひどい打撃をうけていた。しかし、二度の自殺のくわだてに、二度とも失敗したということが、かえって彼女にあきらめに似た、一種の落ち着きをあたえているようだ。

「お手数をかけて、まことに申しわけございませんでした」

と、病院のベッドに身をよこたえた美奈子は、憔悴《しょうすい》したほおにいたいたしい微笑をきざんで、部屋のなかにつめかけた係官のひとりひとりにしずかな目礼をおくった。このあいだの彼女とは別人のように落ち着いている。

部屋のすみには金田一耕助もひかえていたが、このもじゃもじゃ頭の探偵さんの姿は、ベッドのうえにいる彼女の目にはいらなかった。

「それでは、さっきの質問にお答えいたしましょう」

と、美奈子はこの聞きとりに当たっている、まくらもとの山川警部補から瞳をそらすと、ちょっと考えるような目つきになって、

「あのまえの晩……あれはたしか十九日の晩でしたわね。主人を送りだしたあと、あたしはすぐ二階へあがってしまいました。べつにお母さまと気まずくなっているというわけではございませんが、そのほうがおたがいに気が楽だったのです。お母さまは小夜子といっしょに離れへさがって、ラジオを聞いていられたようでした」

そういえば六畳の床の間に、トランジスタラジオがあったのを、山川警部補は思いだしていた。

美奈子はちょっと息を入れたのち、

「考えてみればおなじ棟《むね》の下に住みながら、心の底からうちとけられないというのは不幸なことでした。しかし、誤解のないように申し上げておきますが、お母さまとあたしとはけっして不和だったとか、いがみあっていたとかいうのではなかったのです。ただ、お母さまにはお母さまの、あたしにはあたしの屈託《くったく》があり、それはおたがいになぐさめあいようのない種類のものでしたから、けっきょくうちとけるだけの余裕がなかったということなのでしょう」

美奈子はそこでひと息入れると、つかれたように目を閉じた。目を閉じるとふっさり

とまつげが長く、憔悴の色がいたいたしかった。

係官一同は美奈子の気持ちを尊重してか、無言のままつぎのことばを待っている。金田一耕助は病室のすみでかるく貧乏ゆすりをしている。

やがて、美奈子はパッチリと長いまつげを見ひらくと、

「失礼いたしました。いろいろ混乱しているものですから……でも、いまみたいなお話しておりますと、きりがございませんから、こんどはあの朝のことをお話ししましょうか」

「はあ、はあ、どうぞ」

と、山川警部補はまるではれ物にでもさわるような調子である。

「あの朝、あたしは五時ごろに目をさましました。そして、ご不浄へいこうとしてベッドを出たとき、パジャマのそで口に黒いしみがついているのに気がついたんですの。あたし、はっとしました。と、いうのは寝るまえにはそんなしみなどついていなかったし、それにあたし、ときどき、寝てるまにふらふら起きまわる癖が、この夏のはじめごろからでてきたものですから……」

「ああ、ちょっと……」

と、美奈子のことばをさえぎったのは金田一耕助だったが、その姿は美奈子の目にははいらなかった。彼女はまたそのほうを見ようともしなかった。

「あなたが夢遊病を起こして、歩きまわる姿を見たひとはなんにんありますか」

「それは主人だけでございます。主人が気がついて、いつもベッドへつれもどしてくれるものでございますから……」

「お母さんや小夜子さん、それに女中のお君さんなどは……？」

「さあ……」

と、あいかわらず美奈子は金田一耕助のほうを見ようともせず、

「だれもしらなかったんじゃないでしょうか。主人が話せばともかくも。……いえいえ、お母さまにしろ君やにしろ、しっていたら気味悪く思ったでしょうから、やっぱりどなたもご存じなかったのだと思います」

「それで、あなたごじしん、夢中遊行をしたという自覚は……？」

「はあ、たったいちどだけですけれどございますの。ただし、それは主人と結婚した当座のことで、そのとき、じぶんでも夢中遊行をしたということで、とても大きなショックを感じたんですの。ですから、さいきんまたそういう病癖がぶりかえしたとき、主人はあたしのショックを恐れて、いつもそっとベッドへつれもどしてくれるらしいんですけれど、やっぱりなんとなくわかるんですの。パジャマがしめっていたり、足の裏に泥がついていたり……」

「それで、ご主人はあなたを医者に見せようとはしなかったんですか」

と、これは等々力警部の質問である。

「はあ、あの……」

と、美奈子はためらいがちに、

「主人はそれについてジレンマにおちいっていたのだと思います。主人はあたしにショックをあたえたくない。だからあまり強くいえなかったのだと思います。ですけれど、不眠症のほうにかこつけて、二、三度すすめてくれましたけれど、あたしなんだかお医者さんにみていただくのがこわくって……いまになって考えてみれば、あたし、ほんとうに主人にすまないことをしたと思います」

美奈子が両手で顔をおおうと、細い、すきとおるような指のあいだから、涙がキラキラ光ってあふれた。

「ああ、なるほど」

と、等々力警部はかるくうなずくと、

「山川君」

と、所轄警察の捜査主任をふりかえって、

「それじゃ、また、きみからつづけたまえ」

「ああ、そう。承知しました」

と、山川警部補は、ふとったからだをベッドのほうへのりだすと、

「それでは、つづけてあの朝のことをおうかがいしましょう」

「はあ、あの」

と、美奈子は顔から両手をはなすと、あわてて指で涙をふいて、

「それですから、パジャマのそで口にへんなしみがついているのに気がついたとき、てっきりまた夢遊病を起こしたにちがいないと気がつきました。しかも、それがもう乾いておりましたけれど、血らしいとわかったときのあたしのおどろき……」

と、美奈子はそこでまたふっさりと長いまつげを閉じた。閉じたまぶたのあいだから、露のような涙がひとつぶころりところがりでたが、美奈子はすぐに指でそれをおさえると、また美しい目をパッチリ開いた。その目は、なにもかもあきらめたような落ち着きを示している。

「あたしはびっくりして部屋のなかを見まわしました。主人は仕事にいって留守でしたが、しかし、部屋のなかにはべつに変わったことは見あたりませんし、じぶんのからだを調べてみても、べつにどこにも傷をしておりません。そこで、あたしはおそるおそる部屋を出ました。そして、裏階段のうえまでくると、そこにまき割りが落ちております。あたしはなにげなく、それをひろいあげました。まき割りがぐっしょりと血にぬれているのに気がつくと、またびっくりしてそれをとり落としました。そして、こわごわ裏階段をおりていくと、そこに君やがたおれております。みなさんも、たぶんごらんになったでしょうけれど……しかも、六畳のふすまをひらいてなかをのぞくと、お母さまが血まみれになって……」

覚悟はきめているものの、さすがに女の美奈子にとっては、それ以上はいえないことだった。

美奈子は息をのんだまま、またふっさりと長いまつげをふせた。

「あなたは……」

と、そばからからだをのりだしたのは等々力警部である。

「それをじぶんでやったことだと思ったんですね」

美奈子は弱々しげな微笑を警部にむけて、

「それよりほかに考えようはございませんわね。夢中遊行という病癖、パジャマについていた血……それにほかからはいってきたひとのしわざといったら、まき割りが二階にあるはずがございませんもの……」

「それであなたは自殺しようとしたんですね」

「はあ……」

「あなたは、そのとき、パジャマのうえにレーンコートを着ていられたそうですが、それはどこにあったんですか」

と、これは金田一耕助の質問である。

「はあ……」

と、美奈子はあいかわらず、その質問者がだれであるか考えてみようともせず、首をかしげて思いだそうと努力しながら、

「よくはおぼえておりませんけれど……たぶん台所にかかっていたんじゃないでしょうか。ええ、そうです、そうです、思いだしました。あのまえの日、夕立があって、あた

し、レーンコートを着て外出したんです。そのレーンコートをぬれたまま台所へかけておきましたから。たぶんそれをとっさのうちに、パジャマのうえにはおったのでしょう。でも……はっきりとはおぼえておりません」

と、美奈子は、そんなことはどうでもよいといわんばかりに、目をつむって、首をかるく横に振る。

「そのとき、勝手口の戸締まりはどうでした」

と、これは等々力警部の質問である。

「あの勝手口は、雨戸とガラス戸が、二重に締まるようになってますね、それを、あなたじしんの手で開いた記憶がありますか。これは非常に重大な問題ですから、よく考えて思いだしていただきたいんですが……」

美奈子はびっくりしたような顔をして、この問題の質問者、等々力警部の顔を見つめていたが、その目はしだいに大きくひろがっていって、ただならぬおどろきの色を示しはじめた。

「どうかしましたか。戸締まりはしてありましたか。それとも、雨戸や、ガラス戸が開いていたような記憶はありませんでしたか」

美奈子はいよいよ狼狽《ろうばい》の色を面に走らせて、

「いえ、あの、あたし、はっきりおぼえていませんけど……とても動揺していたもんですから……でも、ガラス戸の掛け金がはずれていたような……雨戸もなんの手ごたえもなく……いいえ、いいえ、あたし……」

と、美奈子の蒼白《そうはく》なおもては、にわかに紅潮してきたが、すぐまた、あきらめたように ぐったりと頭をうしろへそらして、

「でも、あれはやっぱり、あたしのしわざにちがいございません。あたし、悪い女なんです。あたしのからだのなかには犯罪者の血がながれているんです。あたしは毒殺魔の生まれかわりなんです」

「生まれかわり……？」

と、等々力警部が聞きとがめるように、

「それはどういう意味ですか。あなたのおっしゃる毒殺魔とは、八木克子のことらしいが……あなたが、八木克子の弟、本多李衛氏の孫であることはわかっています。しかし、なにも、大伯母さんの生まれかわりとまで考えなくとも……」

「いいえ、いいえ、それがそうではございませんの」

と、美奈子は絶望の色を深くして、両手でひしと顔をおおった。そして、無言のまま、息をのんで泣いているらしく、肩が大きくゆれている。

等々力警部と金田一耕助、山川警部補の三人は、思わず顔を見あわせたが、やがて山川警部補がやさしくからだをのりだすと、

「それがそうではないとおっしゃると……？」

「はあ……」

美奈子は顔から両手をはなすと、さびしそうな微笑をほおにきざんだ。そして、放心したような目のなかに絶望の色を深くきざんで、世にも異常なことを語りはじめた。

「一昨年の秋でした。主人のいとこの八木夏彦さん、つまり現在の八木家のご当主でいらっしゃいますわね。そのかたが八木家の墓をあばいたことがございますの。その八木家の墓地には、大伯母の良人だった冬彦というひとの柩《ひつぎ》も埋められていたんです。ところが冬彦というひとの柩のなかから、大伯母の肖像画が出てきたんです」

「大伯母さんの肖像画ですって……？」

と、等々力警部は目をみはって、

「大伯母さんとおっしゃると、子爵夫人だった八木克子さんのことですね？」

「はあ……」

と、美奈子はうめくように低く答えて、また両手でひしと顔をおおった。

「しかし、それは……ずいぶん古いものでしょうが、それが一昨年の秋までお墓のなかにあったんですか？」

「はあ、ずいぶんいたんでボロボロにはなっていましたけど……」

「その肖像画が……？　その肖像画がどうかしたというんですか」

「はい、その肖像画というのは、大伯母の愛人だった佐竹恭助という画家がかいたもんだそうで、支那服を着て、支那扇をもった肖像画でございます。ところが、その肖像画の顔というのが……」

た。

「その肖像画の顔というのが……？」

「あたしにそっくりでございました」

と、両手で顔をおおった美奈子のくちびるからは、世にもいたましいうめき声がはきだされる。顔をおおった細いきゃしゃな指の間から、宝石のような涙があふれてながれた。

一同はこの思いがけない打ち明け話に、茫然《ぼうぜん》として顔を見あわせている。

金田一耕助もおどろいたように、すみのいすから腰を浮かせて、まじまじと美奈子の横顔を見ていたが、

「しかし……しかし……奥さん」

と、バリバリと頭のうえの雀の巣をひっかきまわしながら、

「その肖像画を……あなたとそっくりの毒殺魔の肖像画を、八木家のご当主の夏彦さんがあなたに見せたんですか」

「いいえ、夏彦さんではございません。夏彦さんはご都合がおありだとかで、その発掘《はっくつ》にはたちあえなかったんです。それで、主人が夏彦さんに代わってその発掘にあたったんです。ですから、その肖像画はだれにも見せずに、主人がこっそり家へもってかえったんです」

「と、すると、ご主人があなたにお見せしたんですね」

と、金田一耕助は念をおすように、ことばじりに力をこめた。

「はあ」

「しかし……しかし……」

と、金田一耕助は、くいさがるように執拗《しつよう》に、

「その肖像画が、どうして八木克子だとはっきりいえるんです。だいいち、八木克子を告発したのは、良人の冬彦氏でしょう。その冬彦氏の柩のなかに被告発者の肖像画をおさめておくというのはみょうじゃありませんか」

美奈子はすこしからだを起こして、そのときはじめて金田一耕助を見た。彼女はかすかに目をみはって、いぶかるようにあいての風采《ふうさい》を見ていたが、やがてまた、がっくりとまくらに頭をつけると、あおむけの視線を天井にむけたまま、

「ああ、あなたはあの本を読んでいらっしゃるんですわねえ。『明治大正犯罪史』を……？」

「はあ、お宅の寝室にあったのを拝借してかえって、くわしく拝見しましたよ」

「それじゃあ、佐竹恭助というひとが、大伯母の肖像画をかいたいきさつもよくご存じのはずですわねえ。そのことは『明治大正犯罪史』のみならず、日本の洋画史にも出ているそうです。そして、お墓のなかから出てきたその肖像画には、ちゃんと書いてあったんです。ポートレート・オヴ・ヴァイカウンテス・ヤギと横文字で、つまり、八木子爵夫人の像と……」

金田一耕助は、依然として目をみはったまま美奈子の横顔を見つめていたが、

「だが……だが……」

と、かれはまだ、あきらめきれぬ顔で、

「それは、だれかがあとから書きくわえたんではないんですか」

「いいえ」

と、きっぱりいってから、美奈子はもういちどまくらからそっと頭をもちあげると、金田一耕助のもじゃもじゃ頭に目をやった。そして、さびしげな微笑をほおにきざむと、

「あなたがどういうかただか存じません。しかし、なんとかしてあたしの魂をすくってくださろうというご親切はよくわかります。でも、それは、けっしてあとから書きくわえられたものではなかったのです。その横文字が、その絵の装飾をなしていて、その肖像画とは切ってはなせないようになっていたのですから……」

「ところで、その絵はどうしました」

と、これは等々力警部の詰問《きつもん》するような質問である。

「それを見たとき、あたしがあまり大きなショックを感じたもんですから、主人はすっかり後悔したんです。そんな絵をあたしに見せたことを……それで、不吉な絵だからといって、まもなく焼きすててしまいました」

「焼きすててしまったんですって……？　ご主人が……？」

「はい、それが、主人のあたしにたいするせめてもの思いやりでした。主人はそれをあたしに見せたことを、その当座とても後悔していたんですの」

美奈子は両手で顔をおおったまま声をのんで泣いていたが、やがて、すすり泣くようなうめき声が、のろわしげにくちびるの間からはきだされた。

「それですから、あたしはやっぱり毒殺魔、八木克子の生まれかわりなんです。あたしの体内には、殺人者の血がながれているんです」

美奈子の慟哭《どうこく》が、あまり深刻だったので、その日の聞きとりは、いちおうそこでうちきられることになったが、この聞きとりにあたったひとびとのあいだには、深い疑惑の影がしこりのように印せられたのはいなめなかった。

疑惑……？

しかし、それは美奈子にたいしてではなく、良人の朝井照三にたいしてであった。

良人の残虐《ざんぎゃく》
「はあ、あの、ぼく……そのことについてはぼくもひどく責任を感じているんです。あの肖像画を美奈子に見せたのは、ぼくにとって一期《いちご》の不覚だったと思っています」

殺風景な成城署内の取調室である。

デスクをへだててむかいあっているのは、山川警部補と朝井照三。志村刑事がべつの机にひかえていて、ふたりの一問一答をメモしている。

等々力警部と金田一耕助は、オブザーバーという格で、思い思いのところに陣取って、朝井照三の横顔を見まもっている。朝井照三の額には、粟粒《あわつぶ》のような汗がぐっしょりと浮かんでいた。

もっともそれもむりはないのである。

ここ半月ほど一滴の雨も見ない東京都一円は、乾きに乾ききっていて、ここのところ都民一同は、うだるような暑さに悩まされつづけている。

ましていまは午後三時。寒暖計の水銀柱はかるく三十度を突破しているうえに、風通しの悪いこの取調室のなかには、戸外の日照りに熱しられた空気が飽和《ほうわ》していて、扇風器が一台まわっているとはいうものの、それはなまぬるい空気をかきまわすだけにしか役立っていない。

八月二十二日。……朝井美奈子の第一回目の聞きとりがおこなわれた日の午後のことである。

「それに、ぼく……」

と、朝井照三はしたたり落ちる汗で、グッショリとハンカチをぬらしながら、

「あの絵の顔がそれほど美奈子に似ているとは思わなかったんです。それをそういうふうにとって悩んだのは、美奈子の先入観のせいじゃないでしょうか。あれはあの絵を見ないでも、八木克子という毒殺魔を大伯母にもっているということが、幼時よりひとつの固定観念になっていて、それがあれの夢中遊行の病癖となってあらわれたのだと思います。しかも、それはぼくと結婚する以前からのことなんです」

朝井照三はやっきとなって弁解しようとしているが、かれがやっきとなればなるほど、聞きとりにあたっている山川警部補の目に、疑惑の色が深くなるのもむりはなかった。

「しかし、とにかくあなたは八木子爵夫人の肖像なるものを、奥さんに見せたことは見せたんですね」

山川警部補の声はひややかである。聞きようによっては、針をふくんだような声といってもよかったであろう。

「はあ、あの、それは見せたことは見せたんです。あれがあまり『支那扇の女』のことを気にしていたもんですから」

「しかし、奥さんが『支那扇の女』のことを気にしていらっしゃればいらっしゃるだけ、あなたとしてはそれを奥さんの目から、かくしてあげるのが良人としての愛情ではないんですか」

「はあ、あの、それですから……」

と、朝井照三はまたハンカチで額をこすりながら、

「いまも申し上げたとおり、ぼくは後悔もし、責任も感じているんです。あれはぼくにとって一代の不覚だったと……」

「朝井さん」

と、山川警部補は鋭くあいての顔を見すえて、

「いったい、その肖像画の存在、いや、その肖像画が墓から出てきたということを、し

っているひとはほかにもありますか」

「いえ、あの、それが……」

と、朝井照三はしどろもどろの顔色をかくしきれなかった。

「ぼく……ぼく以外の人間はだれもしってはおりません。ぼくと家内以外には……」

「しかし、それはまたどうしてです。さっき奥さんに聞いたところでは、八木家の当主夏彦氏はその発掘にはたちあえなくて、あなたが代理をつとめられたとか……」

「はあ、夏彦君、東京を出発するまぎわになって、盲腸を手術しなければならなくなったものですから……それで、ぼくがひとりで出かけたんです」

「しかし……」

と、山川警部補はデスクのうえにある、新聞の縮刷版を開いて朝井照三のほうに突きやると、

「ここに当時の新聞記事がありますが、これによると東大の古館教授と江戸時代の研究家春山謙吉氏がその発掘にたちあったとありますが、そのひとたちはその肖像画の存在に気がつかなかったんですか」

「気がつかなかったんです」

と、キッパリといいきったものの、淋漓《りんり》として吹きだす汗は、かれの内心の動揺をおおいかくすことができないようだ。

「それというのが、その発掘には三日かかったんです。しかも、その三日間われわれ三

人はいつもいっしょに仕事をしていたわけではありません。また、珍しいものが出てくるたびに、ほかのひとたちはそれに熱中しておりましたから……」

「失礼ですが……」

と、そのとき、そばから口をはさんだのは金田一耕助である。

金田一耕助はできるだけおだやかに発言したつもりだったけれど、それでも朝井照三はギクッとしたような色をおおえなかった。おそらくかれはその後金田一耕助という男が、どういう人物であるかをしったのであろう。

「その絵はどういう状態で発見されたんですか。奥さんのお話によると、冬彦氏の柩のなかから発見されたということですが……」

「はあ、それは金属製の円筒のなかにはいっておりました。たぶん、特別にあつらえたんでしょう。古風な模様が表面に彫りつけてありました」

「その円筒はどうしました」

「すてました」

「どこへ……？」

「房総半島の沖へ……ぼく、ときどき釣りにいくもんですから、そのとき持ってってすてたんです」

等々力警部と山川警部補は疑わしそうな目を見かわせている。金田一耕助はまじまじとあいての顔を見つめながら、

「そうすると、あなたはその金属製の円筒ごと、その絵を岡山から東京までもっておかえりになったんですね」

「はあ」

「奥さんはその金属製の円筒というのを、ごらんになっていらっしゃいますか」

「さあ……」

と、ちょっと小首をかしげたが、すぐはじきかえすように金田一耕助の目を見かえして、

「たぶん見ていないでしょう。ぼくが見せたのはなかみだけでしたから」

「その絵はそうとういたんでたでしょうねえ」

「もちろん、ボロボロになっていたんです。だから、その顔が美奈子に似てるなんて、ぜんぜん気がつかなかったんです」

「それじゃ、その肖像画の顔が奥さんに似ているということは、奥さんごじしんが気がつかれたんですね」

「はあ……」

「そういわれて、あなたのご意見はどうでした。やっぱり似てるとお思いになりましたか」

「はあ……ですから、さっきも申し上げたんです。あれを見せたのはぼくの大失態でした、と。……いまでも深く後悔してます」

「その肖像画には、ポートレート・オヴ・ヴァイカウンテス・ヤギという横文字が、まるで模様のように書いてあったそうですね」

「はあ……ですから、それが美奈子にとって大伯母にあたるひとの肖像画だと気がつき、美奈子のためにもってかえってやる気になったんです」

「奥さんの大伯母さんでいらっしゃると同時に、悪名高き毒殺魔ですね」

金田一耕助はごくさりげなくいってのけたのだけれど、それでもあいての痛いところをついたのか、朝井照三の青白い額にさっと紫色の稲妻《いなずま》が走った。

しかし、金田一耕助は委細《いさい》かまわず、

「ところで、奥さんはその絵を明治洋画壇の黎明期《れいめいき》をかざる傑作、すなわち佐竹恭助のかいたものだと考えていられるようだが……」

「いいや、ぼくじしんもさいしょそう考えたのです。そう考えたからこそ、これはたいへんなものが発見されたと、そういう意味でも美奈子にも見せたかったんです。しかし、いまになって考えてみると、あの絵、いろんな面からみて疑わしいと思わざるをえませんね」

「疑わしいとおっしゃると……？」

「だいいち、冬彦の墓のなかに、冬彦を毒殺しようとした容疑者の肖像画が、おさめられていたというのからしておかしいし、また、冬彦が死んだのは明治二十三年のことなんです。だからそのとき同時に埋葬されたのだとしたら、もっともっと破損《はそん》していなければならぬはずじゃないか……、あるいは原型をもとどめぬまでに、いたんでいたのがほんとうではないかとも思うんです」

「と、すると、あなたのお考えでは……？」

「だから、あれは佐竹恭助がかいたものではなく、のちにだれかが模写したものじゃないか……」

「模写したものだとすると、どこかに原物があるわけですね」

「はあ、いや、だから、ひょっとするとあれはだれかのいたずらじゃないかとも思われてくるんです。墓があばかれると聞いて、だれかが罪ないたずらをしたんじゃないか……」

「いたずらにしても、その顔が奥さんに似ていたというのは変ですね」

「はあ、その点については、まったくあなたのおっしゃるとおりです」

「それで、その絵がいたずらだとして、いたずらのぬしがだれだかおわかりじゃありませんか」

「わかりません。見当もつきません」

金田一耕助はしばらく無言のまま、ただまじまじとあいての青白い額を見つめていたが、

「あなたはその絵のことを八木夏彦氏に話しましたか」

「いいえ。話してありません」

「どうして……？　だってあなたもはじめはその絵を本物だと思われたんでしょう。とするとそれは日本の洋画史をかざる、ひじょうに貴重な美術品だということを、あなたもご存じだったはずですがね」

「はあ……ですからどうして夏彦君にかくす気になったのか、じぶんでもよくわからないんです。ひょっとすると、じぶんでその絵を所有していたかったのかもしれませんね」

「なるほど」

と、金田一耕助はちょっと白い歯を見せて、

「あなたはその絵を焼きすてられたそうですが」

「はあ、美奈子があまり気にするもんですし、それにその時分には、その絵がはたして本物かどうか、疑惑をもちはじめていたもんですからね」

「それにしても、もしそれが本物だとしたら、世にも貴重な美術品だということをしっていらっしゃるあなたなんですから、焼きすてるまえに、いちおうだれかに鑑定してもらおうとお思いになりませんでしたか」

「そりゃ思ったことは思ったんです。しかし、やっぱり無断でもちかえったばかりか、夏彦君にもないしょにしていたことが気がとがめていたんでしょうねえ。思いきって焼きすててしまいましたよ」

「円筒をしまつなすったのはそのあとですか」

「はあ、わたしちょくちょく市川のほうへ釣りにいくんです。なじみの舟宿もあります。そこから舟を出してもらってひそかに海底へ沈めてしまったんです」

それらの供述をメモしている志村刑事も、てんでそんなこと信用していないという顔色である。

ましてや等々力警部と山川警部補のふたりは、猜疑《さいぎ》と憎しみにみちた目でこの美貌の青年の、あまりととのいすぎた美貌であるがゆえに、どこか冷酷な印象をひとにあたえる秀麗な顔立ちを、まじまじと見なおさずにはいられなかった。

金田一耕助はただ無言のまま、あいての顔を見まもっている。

朝井照三もこの場の雰囲気《ふんいき》を敏感に感じとっていた。それがかれに抵抗を感じさせ、反抗心をあおるのだ。内心の動揺からくる汗はもうひいていた。そのことはこの男の不敵な性格を物語っているのではあるまいか。

「あなたがたは……」

と、朝井照三はギラギラとぶきみにかがやく目で、一同の顔を見まわしながら、一句一句の語尾に力をこめて、

「わたしを疑っていらっしゃる。それもむりはないとぼくは思っているんです。ぼくがああいう絵を美奈子に見せたのは、たしかに大きなミステークでした。そのために美奈子が精神的に平衡をうしない、ああいういまわしい病癖が再発したことは否定しません。しかし……」

と、朝井照三はいっそうことばに力をこめて、

「そのことと、こんどの事件とはぜんぜん無関係なんじゃないでしょうか。たまたまあいう惨劇が起こった晩に、美奈子が不幸な発作を起こした。しかも美奈子は幼時から不幸な固定観念に悩まされている。だから、あの事件もじぶんの責任であるかのごとく誤解している。しかし……」

と、そこで朝井照三はふいにくるりと、金田一耕助のほうへむきなおると、いどむような視線をそのほうへむけて、

「金田一先生」

と、鋭い声で呼びかけた。

「はあ」

「夢中遊行時の行動といえども、ぜんぜん当人の意志と反したことはやらないんじゃないでしょうか。いや、夢中遊行時の行動にもやはり当人の日ごろいだいていた願望……潜在意識下の願望のようなものがあらわれるんじゃないでしょうか」

「それは大いに考えられることですね」

「そうでしょう」

と、朝井照三はねっこい調子で念をおすと、

「そうだとすると美奈子には、母と女中を殺すようななんの動機もなかった。……なるほど、母と美奈子はうちとけた仲とはいいにくかったかもしれません。しかし、べつに

殺したいという欲望をもつほど、美奈子は母を憎んではいなかったのです。おなじ家に住みながら、美奈子は母とぜんぜんべつの世界に住んでいたんです。美奈子はむしろ母にたいして無関心でした。それがなぜ母を殺したいという欲望をもつのでしょう」

「小夜子さんにたいしてはどうでした。奥さんはやっぱり無関心でしたか」

「小夜子にたいしては……」

と、朝井照三はちょっとためらったのち、

「もちろんはじめは関心をもっていました。よい母になろうと決心もし、努力もしたようでした。しかし、小夜子がふつうの健康状態でないうえに、美奈子は美奈子で母としてぜんぜん未経験だったでしょう。だから母が……いや、母ばかりではなくぼくじしんもあぶながって、小夜子のめんどうをみさせなかったんです。だから美奈子もすぐ小夜子にたいする興味をうしなって、ちかごろでは母にたいすると同様に無関心になっていたんです。だから、小夜子を思うままにさせてもらえなかったからって、母に怨恨《えんこん》をいだいたというふうにお考えになるのだとしたら、それは大きに的《まと》はずれだといわざるをえませんね」

「そうすると、あなたのご意見では……」

と、金田一耕助はあいかわらず無表情な顔をくずさず、

「あの晩、だれかが外からしのびこんだ形跡があるんですが、そいつのしわざだとおっしゃるんですね」

「そうです、そうです、それにちがいないじゃありませんか」

と、朝井照三はきゅうに身をのりだし、

「あの朝……つまり二十日の朝ですね。自殺しかけたときの美奈子のみなりを、木村巡査やご近所の瀬戸口さんからもおうかがいしたんですが、パジャマのそで口に血がついていただけだということです。しかし、じっさいに美奈子がやったとしたら、もっと大きな返り血を浴びていなければならんと思うんですがいかがでしょう」

「いやあ」

と、山川警部補はぎこちないせきをすると、

「それはこちらでも大いに考慮に入れているんですがね。しかし、ねえ、朝井さん」

「はあ」

「あの凶器として使用されたまき割りは風呂《ふろ》のたき口、したがって屋外にあったわけですね。それをどろぼうがもってはいって、お母さんと女中を惨殺したとして、それじゃそのまき割りが、二階の廊下にあったというのはどういうわけでしょう」

「いや、その点についてはぼくも大いに考えてみました。で、けっきょくこういう結論に達したんですがどうでしょう。さっきいったように惨劇のあった晩、たまたま美奈子が不幸な発作を起こした。そして、階下へおりていったところがあのていたらくです。そこでふらふらとまき割りをもったまま二階へあがった……と、そう解釈したらどうでしょう」

あのまき割りには美奈子以外の人間の指紋はなかった。だが、このことはおかしなことなのである。そのまき割りには当然君やの指紋がなければならぬはずである。それが発見されなかったということは、かえって美奈子以外のだれかが、美奈子がそれを手にする以前に、使用したことを意味しないだろうか。夢中遊行中の美奈子がまき割りの柄《え》を、いちどぬぐって使用したとは考えられない以上。……

「いやあ」

と、こんどは等々力警部がぎこちないせきばらいをして、

「その点についてもわれわれはいちおう考慮しているんですが……、ときに、朝井さん」

「はあ」

「これは奥さんからうかがったことなんですが、奥さんのあの病癖については、あなた以外にだれもしらなかったそうですね」

「それはもちろん、良人《おっと》としてはあれがかわいそうで、そんなことはいえませんよ。ちょっと異常な病気ですからね。それに美奈子はどういってたかしりませんが、ぼくはそうとうしつこく、医者に診《み》てもらったらどうかとすすめていたんですよ」

「そう、それは奥さんからもうかがいましたよ」

と、等々力警部はあいての顔色をうかがいながら、

「それじゃ、あなたのご意見としては、あくまであの晩忍びこんだどろぼうのしわざだ

というんですね」

「そうです、そうです」

と、朝井照三はきゅうに力をえたように、ほおをてらてら紅潮させると、

「ぼくはこういう妄想をもっているんです。金田一先生なんかお笑いになるかもしれませんがね」

「はあ……どういうことですか」

「いえね。賊は母を殺し女中を殺した。むろんなにか盗んでいくつもりだったんでしょう。ところがそこへ二階から美奈子がふらふらおりてきた。ところがそのようすがあまり異常だったので、賊のほうでもきみわるくなり、まき割りを投げだして逃走した。そのまき割りをひろって美奈子がふらふらと、二階へもってあがった。……したがって美奈子は……夢中遊行時の美奈子は賊のすがたを見ているんじゃないかと思うんです」

「ああ、なるほど」

「そこで、金田一先生におうかがいしたいんですが、夢中遊行時の経験……すなわち夢中遊行時に見たものを、現実の記憶として呼びもどすということはできないものでしょうか」

「さあ……」

と、金田一耕助は首をかしげて、

「それはむつかしい問題ですね」

と、あいての顔を見つめているうちに、朝井照三の瞳に浮かんだ、一種異様な強いかぎろいに気がつくと、金田一耕助は思わずゾーッとつめたい水を、首筋からながしこまれたような戦慄《せんりつ》をおさえることができなかった。

なぜそういう悪寒におそわれたのか、金田一耕助にもよく説明ができなかったのだけれど。

美奈子は二度も自殺をくわだてた

この聞きとりがおわって朝井照三がかえったあと、等々力警部も山川警部補も、またメモ作成にあたっていた志村刑事も、みないちように重っくるしい疲労を感じていた。

聞きとりには慣れているはずのひとびとである。それにもかかわらずこういう疲労を感ずるのは、朝井照三の人格からきているらしい。この男にはどこか異常なところがあり、大げさにいえば端倪《たんげい》すべからず、捕捉《ほそく》しがたいなにものかを、朝井照三という男はもっているのだ。それが聞きとりのあとの一同に、ぐったりと疲労を感じさせたのであろう。

山川警部補はまゆをしかめていまいましそうに舌打ちをすると、

「ねえ、警部さん、金田一先生」

と、ふたりの顔を見くらべながら、

「あの男がさいごにいったことばですね。あれはじぶんのことをいってるんじゃないでしょうか」

「さいごにいったことばというと……?」

「いいえ、外からおしいった犯人がおふくろと女中を惨殺した。そこへ美奈子が夢中遊行を起こしてふらふらとおりてきた……という、あの男のいわゆる妄想ですね。それはひょっとすると妄想じゃなく真実であり、外からおしいった人物というのが、すなわちあの男じゃないんですか」

「なるほど」

と、等々力警部は強くくちびるをかみしめながら、

「それであの男、夢中遊行中の経験……あるいは夢中遊行中に目撃したことが、現実の記憶としてもどってきはしないかと、それを心配してるんじゃないかというんだね」

「はあ、あの質問をきりだしたときの、金田一先生を見すえるあの男の視線には、なにかしら容易ならぬもの……こういうと大げさかもしれませんが、なにかしら殺気みたいなものを感じましたからね。金田一先生はあれをどうお感じでしたか」

山川警部補はあの瞬間、金田一耕助がおそわれた一種異様な戦慄に気がついたのだ。

金田一耕助はちょっとほおを染めながら、

「殺気……と、いうと、なるほど大げさですが、しかし、なにかちょっとおかしかったですね」

と、なにかを案ずるふうだったが、すぐまた山川警部補のほうへ視線をもどして、

「ときに、あの男にはアリバイがなかったんですね」

「ありません。なにぶん真夜中のことだからといえばそれまでですが……しかし、それかといってあの男が、渋谷からこちらへかえってきて、またこっそりと渋谷へひきかえしたという証拠も、いまのところないんです」

「もし、そういう事実があれば、どうせ乗り物を利用したことでしょうし、乗り物を利用したとすれば真夜中のことですから、かえってわかりやすいんじゃないでしょうか」

「さあ、タクシーの運転手諸君が率直に協力的であってくれればですね」

「それに、主任さん」

と、そばから口を出したのは志村刑事である。

「あの男のアリバイが不明なのは、十九日の午後十一時以降でしょう。その時分なら電車がまだ動いてますよ。だから変装して電車でやってきて、一時ごろまでどこかにかくれていて、ことを決行したのち、成城からできるだけ遠く離れたところでタクシーをひろう……と、そういうことだってできないことはないでしょう」

「兎月荘とかいってましたね。朝井照三のアパートは……？」

「はあ」

「その兎月荘におけるあの男の部屋は、ひとに気づかれずに出入りできそうな位置にあるんですか」

「さあ、それなんですよ、金田一先生」

と、からだをのりだしたのは志村刑事である。

「兎月荘におけるあの男の部屋というのは、二階のいちばん奥にあるんです。したがって隣室といってもかたっぽだけ、しかもすぐ下の部屋は物置きか納屋みたいになっていて、だれも住んでいないんです。しかも部屋はすぐ狭い道路に面していて、道路のむこうはS神社の境内《けいだい》で、うっそうと樹木がしげっているんです。おまけに、隣室の住人というのが渋谷の映画館につとめている人物で、いつも十二時ごろでないとかえらない。だから、十一時ごろ道玄坂の散歩からかえってきた男が、窓からぬけだし、二時か三時ごろ、隣室の住人が眠っているころ、こっそりかえってきたとしてもわからずにすむことはありうるわけです」

「お説のような方法でぬけだしたような痕跡がありますか」

「残念ながらそれがない」

と、志村刑事は苦笑いをしたが、すぐまた真顔になり、

「しかし、ぬけだそうと思えばぬけだせないことはありますまい。建物の角の部屋ですから、すぐそばをかなりがんじょうな樋《とい》が垂直に走っています。ちょっと身軽なやつならばそれを伝って……」

「あの晩、だれかがこの成城の朝井家へしのびこんだ形跡があるのはたしかなんですね」

「はあ、それもだいたい……家のまわりに足跡が二、三か所のこっているんですが、それがなにしろこの旱天《かんてん》つづきで……」

と、志村刑事が顔をしかめるそばから、山川警部補がからだをのりだして、

「これは金田一先生も警部さんから聞いてらっしゃるかと思いますが、さいきん、この成城の町にはひんぴんとして盗難事件が起こるんですね。いつも真夜中の一時から二時までにしのびこむんですが、その手口がおなじところからみると、おそらく同一犯人のしわざでしょう。むろん、署のほうでもパトロールを強化し、げんじゅうに警戒してるんですが、いまだかつてあやしいと思われる人物にぶつかったことがない。だから、そいつはお屋敷の塀《へい》から塀、垣根《かきね》から垣根をこえて往来しているのではないか。……いや、げんにじっさいそういうケースがあって、それで犯人をとりにがしたこともあるんです。しかもそいつは犯行をおわったあと、夜が明けるまでしかるべきお屋敷のすみかなんかにひそんでいて、東の空がしらみかけるころ、なにくわぬ顔をして立ちさるらしいんですが、さて、この犯人、お屋敷からお屋敷へと忍びあるくばあい、いつも靴下はだしなんですね。これだとうっかりころがっている空きかんの類やなんかにつまずいても、そうたいして刺激的な音はたてないですむ。しかも、靴の型やサイズはわからない。……ところが二十日の朝、朝井家のまわりを調査したところ、靴下はだしの跡らしい足跡が三か所から発見されているんですがね」

「しかし、それは……」

と、志村刑事がそばから、鼻を鳴らすような調子でことばをはさんだ。

「しかし、それは……？」

と、金田一耕助が聞きとがめてたずねると、

「いや、じつは面目ない話ですが、この怪盗一件は目下成城じゅうにひとつの恐惶《きょうこう》をまきおこしてるんです。げんに朝井家から二百メートルほど離れたお屋敷が、やっぱりその怪盗の被害をうけている。だからその怪盗がいつも靴下はだしでうろつきまわっているということは、このへんのひとたち、もうみんなしってるんじゃないかな」

「と、おっしゃるのは、朝井家の庭にのこっている足跡は、じっさいには怪盗ののこしたものではなく、怪盗のやりくちを模倣《もほう》したか、あるいは怪盗に罪を転嫁しようとする人物のしわざじゃないかとおっしゃるわけですね」

「と、いうようなこともいちおう考慮に入れておかねばならんと思うんですよ。そうでないと怪盗がしのびこんだわ、おなじ晩に細君が夢中遊行の発作を起こしたわじゃ、少し話がうますぎると思うんですが……」

「なるほど、それで家の内部、すなわち建物の内部に足跡は……？」

「いや、それは見つからなかったんです。しかし、木村巡査と瀬戸口君が無意識のうちに踏みけしたのかもしれません。ふたりとも十分注意したとはいってましたがね」

「さっき朝井君もいってましたが、その瀬戸口さんというのは……？」

「いや、ご近所の歯医者さんなんですがね」

と、そこで山川警部補は、美奈子の自殺未遂の一件について、またあらためてくわしく語って聞かせた。

金田一耕助はしばらく無言のまま考えていたが、やがて志村刑事のほうへむきなおると、

「志村さんは朝井照三氏にたいして強い疑惑をもっていられるようですが、犯人があの男だとしても、動機は……？　警部さんからうかがったところによると、藤本恒子というひとは、べつに財産をもっていないようだということでしたが、その後、なにか新しい発見でも……？」

「いや、恒子は一文なしのようですよ。しかし、美奈子はそうとうの財産をもっています。げんにいま住んでいる家《うち》なんかも美奈子の名義になってるんです」

「しかし……？」

と、金田一耕助はまゆをひそめて、

「それじゃ、恒子殺しの動機にはならないんじゃないですか」

「金田一先生」

と、志村刑事はいくらか得意そうな顔色で、

「これは金田一先生のおことばとも思えませんな」

「と、おっしゃいますと……？」

「だって、美奈子は二度も自殺をくわだててるじゃありませんか」

「えっ？」

「美奈子が死ねば、当然、その財産は亭主のものになるんじゃありませんか」

「ああ、なあるほど」

金田一耕助が感心したようにうなずいたから、志村刑事がますます得意になったことはいうまでもない。

「だいたい、朝井照三が美奈子と結婚したのからして、おかしいんじゃないかと思うんです。『明治大正犯罪史』に出てくる八木冬彦は朝井照三の大伯父にあたっている。その朝井が冬彦を毒殺しようとした八木克子を大伯母にもつ美奈子と結婚したというのは、そもそもはじめから、なんらかの魂胆《こんたん》があったとしか思えないじゃありませんか」

志村刑事はにわかに雄弁になってきたが、この刑事の説くところには傾聴に値《あたい》するところなきにしもあらずと、金田一耕助も感心せずにはいられなかった。

「志村さんは朝井夫婦の結婚のいきさつを、調べてごらんになりましたか」

「いいえ、それはまだ……まだそんなひまはないですよ」

「警部さん、山川さん」

「はあ」

「これは志村さんのお説のとおりです。至急八木夏彦氏にでもあって、その間《かん》のいきさつを聞いてみる必要があるんじゃないでしょうか」

「八木夏彦ならきのう朝井のうちで会いましたよ。名刺をもらっておいたんだが……」

と、山川警部補がポケットの名刺入れから出してみせた名刺によると、八木夏彦はS銀行につとめているらしく、自宅は田園調布のほうにある。

等々力警部はその名刺をひねくりながら、

「八木夏彦というのはいくつぐらいの男かね」

「朝井照三とおなじ年格好でしたね。銀行へつとめているというだけあって、誠実そうな、好感のもてる人物のように思いましたがね」

「朝井とはいとこ同士になるんだね」

「そうです、そうです。『明治大正犯罪史』に出てくる冬彦が子供もなしに死んだので、その弟の春彦が八木家を相続した。その春彦のせがれの秋彦というのが現在の八木家の当主夏彦のおやじになるんだそうです。その秋彦にひとりの姉があり、それが朝井家へとついで、そのあいだに生まれたのがあの照三ですね」

「警部さん、それじゃいちど八木夏彦氏にあって、朝井夫婦の結婚までのいきさつをお聞きになってみたら……いとこ同士だし、おなじ年ごろだとしたら、そうとうくわしい事情をしってるんじゃないでしょうか」

「ああ、そう、じゃ、ちょっと電話をしてみましょう。ご用があったらいつでもといってましたからね」

山川警部補は卓上電話の受話器をとりあげて、名刺を見ながらダイヤルをまわしていたが、さいわい八木夏彦は銀行にいたらしい。

しばらく電話で話をしていたが、

「ああ、そう、それじゃそういうふうにいたしましょう」

と、受話器をおくと、山川警部補は等々力警部と金田一耕助のほうをふりかえり、

「銀行ではぐあいがわるいから、こんや田園調布の自宅のほうへきてほしいというんです。時刻は七時。警部さんもいらっしゃるでしょう」

「ああ、それはもちろん。金田一さんもいっしょにいってください」

「ええ、それはぜひお供させていただきますが……ときに、志村さん」

「はあ」

「朝井照三が焼きすてた『支那扇の女』の絵ですがね」

「はあ、はあ」

「朝井もそれを偽作だとはんぶんみとめたようなくちぶりでしたが、偽作だとしたらだれがそんなものをこさえあげたんでしょう」

「それは、もちろん、朝井じしんじゃないですか」

「それじゃ、朝井の知り合いで、偽画でもやりそうな人物を、調べてごらんになったらいかがですか」

「ああ、なるほど、承知しました。ときに、金田一先生」

「はあ」

「朝井が房総の沖で海にしずめたという、金属製の円筒の話はうそっぱちなんでしょう

な」

「細君も見てないとすればね。でも、念のためにおりがあったら、美奈子夫人にたしかめておかれるんですね」

「承知しました」

「それにしても……」

と、金田一耕助はいすから立ちあがると、なにか気になるふうで、部屋のなかをいきつもどりつしながら、

「山川さん」

「はあ」

「朝井照三は十九日の晩……というより二十日の朝二時ごろまで仕事をしていたといってますが、なにかさしせまった原稿でもあったんですか」

「ああ、そうそう。あの男、子供むきの空想科学探偵冒険小説みたいなものを書いてお り、そのほうではちょっと人気があるらしいんですね。連載ものを三つばかり書いてるんですが、そのひとつが二十日しめきりで、二十日の午後、あの男のほうから雑誌社へ電話をかけ、自宅のほうで二十枚ばかりの原稿をわたしていましたよ」

「しかし、そんなもの、もっと早くできていたのかもしれん」

と、はきすてるようにつぶやいたのは志村刑事である。

志村刑事はあくまでも、朝井家の周囲にのこっていた、靴下はだしの足跡を朝井照三

のものと見ているようである。

支那扇の女の冤《えん》を雪《そそ》ぐ

八木夏彦などもおそらく斜陽族のひとりなのだろうが、田園調布の家というのはこぢんまりとしたものながら、ちょっとしゃれて趣味のよいものだった。

おそらく新築してから三、四年というところだろうが、百五十坪ばかりの敷地のなかに、三十坪ほどの建物が建っており、まんざらちかごろ流行のリヴィング・キッチン式の、便利第一主義の建物ではなさそうだった。

応接室なども六畳くらいの手ぜまなものだが、趣味のよい家具や飾りつけでみたされており、いごこちは悪くなかった。この応接室の一隅にピアノが一台すえてあるのは、夫人のたしなみなのだろうか、そのために狭い応接室が、いっそう狭くなっているのはいなめなかった。

金田一耕助と等々力警部、山川警部補の三人がこの応接室へとおされたのは、八月二十二日のかっきり午後七時。女中についで細君がちょっと応接室にあらわれたが、この暑いのに和服をきちんと着こなした、いかにも育ちのよさそうな婦人であった。

あとでわかったところによると八木夏彦は、この家で先代秋彦氏の未亡人と夫婦のあいだに生まれたひとり息子と、四人で、ひっそりと暮らしているのである。

「少々お待ちくださいまし。主人はすこしかえりがおそかったものですから、いま食事のさいちゅうでございますの」

「どうぞ、どうぞ、ごゆっくり。夜分おしかけてきてはなはだ恐縮です。どうぞ、奥さんもご主人のお給仕をしてあげてください」

「はあ、それではまことに失礼ですが……」

と、細君は窓をあけはなち、扇風器にスイッチを入れると、ていねいに一礼して応接室から出ていった。

八月もなかばを過ぎると、きゅうに日がみじかくなるのが感じられるものだが、それでも午後七時といえばまだたそがれの薄明が、そこらじゅうにただようていて、真昼の暑さが狭い応接室のなかに、むっとするほどたてこめている。

細君といれちがいに女中がつめたくしぼったおしぼりと、麦湯に氷塊を浮かせたコップをもってきた。

女中がひきさがってから五分ほど待たせたのち、浴衣《ゆかた》すがたにくつろいだ八木夏彦が、待たせたわびをいいながら応接室へはいってきた。

「どうも狭いところで……うちには三人もそろってお客があるようなことはめったにないもんですから」

「いや、どうも大勢おしかけてきて恐縮です」

と、等々力警部がひとりひとりを紹介すると、夏彦はおだやかな微笑を金田一耕助の

ほうへむけて、

「金田一先生」

「はあ」

「先生のおうわさはまえにたびたびうかがったことがありますよ。あれは昭和二十六年の事件でしたね」

「昭和二十六年の事件とおっしゃいますと……？」

「ほら、加納法律事務所の加納辰五郎先生、ご存じでしょう」

「ああ、存じあげております。月琴島《げっきんとう》の事件ですね」（注―『女王蜂』参照）

「ええ、そう、亡くなった父があの先生とご昵懇《じっこん》に願っておりましてね。あの事件のあとよくあなたのおうわさをうかがったものでした。あなたのことを天才と呼んでいらっしゃいましたね」

「いやあ……どうも恐縮です」

と、金田一耕助はてれくさそうに、雀の巣みたいなもじゃもじゃ頭をひっかきながら、ペコリとひとつ頭をさげた。

夏彦はにこにこと目じりに微笑をたたえながら、

「それにしても、加納先生からおうわさをうかがってから、もうすでに数年たってるんですが、あの当時先生からお話をうかがって、あれこれと想像していたご風貌《ふうぼう》と、ちっとも変わっていらっしゃいませんね」

「あっはっは、十年一日のごとしというわけですか。その点、ここにいらっしゃる警部さんなどもチョボチョボですな」

「いやあ、これはどうも失礼」

と、夏彦は笑いをかみころしながら、

「わたしの申し上げたのはそういう意味ではなく、お目にかかってみて、意外にお若いのにおどろいたということなのです。だが……」

と、そこでかるく頭をさげると、

「ご用件というのをおうかがいしましょうか」

と、夏彦はゆったりと落ち着いていた。

朝井照三は三十五歳ということだが、夏彦もだいたいおなじ年輩だろう。いとこ同士というだけあって似たところもあるが、夏彦のほうは肉づきもよく、朝井のどこかとげとげしく、つめたい印象をひとにあたえるのに反して、夏彦はいかにも円満な人柄らしく、さっき山川警部補も指摘したとおり、誠実な印象が好ましい。平凡だが、げんざいの地位や身分や環境に、満足しきっている善良な良人という感じである。

「ああ、そのことなんですがね」

と、ひざをのりだしたのは山川警部補だ。

「こんやはひとつ朝井照三さんご夫婦について、お話をうかがいたいと思ってやってきたんですが……」

「照さん夫婦のことについて……？」

と、夏彦はふっとまゆをくもらせると、

「夫婦のどういうこと……」

「いえね、八木さん」

と、山川警部補はテーブルのうえからからだをのりだすようにして、

「あなたも明治十九年に、あなたのご一家に起こった事件はご存じでしょう」

「はあ、それはもちろん存じております」

と、夏彦はいよいよまゆ根をくもらせて、

「なるべくならば思いだしたくないことなんですけれどね」

と、ひくい、沈んだ声で答えた。

「いや、ごもっとも。それにもかかわらず、こういうぶしつけな質問をきりだすということはまことに恐縮なんですが、これもやむをえない事情によるものとご了承くださ い」

「はあ、それはもちろんお仕事でいらっしゃいますから」

「いや、そういうふうにご了解いただけると、たいへんわれわれとしてもありがたいんですが、それじゃまずおたずね申し上げたいのは、あの事件の告発者、すなわち冬彦氏を大伯父にもっていらっしゃる朝井照三氏と、あの事件の被告発者、すなわち克子夫人を大伯母にもっていらっしゃる美奈子さんとが、ご夫婦としてむすばれたというのは、

少し異常なように思うのですがいかがでしょうか」

「そりゃ、あなたのおっしゃるとおりですが……」

と、夏彦はけげんそうにまゆをひそめて、

「しかし、そのことと……つまり、いまから七十余年も昔に起こった事件と、こんどの事件となにかつながりでもあるとおっしゃるんですか。まさかそんなことは……」

「いや、ところが……」

と、山川警部補はいよいよからだをのりだして、

「あなたはご存じないようですが、美奈子さんというひとが、一種の宿業感《しゅくごうかん》みたいなものをもってるというんですね」

「宿業感とおっしゃると……？」

「つまり、八木克子……いや、彼女は離婚されたから、本多克子ですか。本多克子のような毒殺魔を大伯母にもっているということ、したがって、じぶんの体内にも大伯母とおなじような、殺人者の血がながれているのではないかという固定観念、というか脅迫観念というか、そういうものを、彼女は幼いころからもっているというんですがね」

「なるほど」

と、夏彦はかるくくちびるをほころばせると、

「しかし、そういう固定観念というか、脅迫観念というか、美奈子さんが幼時からそういいまわしきものに悩まされていたとしても、それは照さん、すなわち朝井照三と結

婚するにおよんで消滅したはずですがね」

「と、おっしゃると……？」

「ああ、そう」

と、夏彦はかるくうなずいて、

「ひょっとすると、あなたがたは福井作太郎という人物の書いた『明治大正犯罪史』という、インチキ本にまどわされていらっしゃるんじゃないですか」

「インチキ本……？」

と、山川警部補は等々力警部や金田一耕助と顔を見あわせて、

「あれがインチキ本かどうかはしりませんが、朝井の奥さんが愛読しているらしい形跡があるんでね。奥さんのベッドのまくらもとにその本があったので、われわれもそれによって、はじめてあの事件をしったというわけなんですが……」

「美奈子さんがあの本を愛読していた……？」

と、夏彦は思わずおどろきの目を大きくみはって、

「そ、そんなばかな！　そ、そんなばかな！　金田一先生」

と、夏彦は鋭く金田一耕助のほうをふりかえって、

「こちらのおっしゃることはほんとうですか」

「はあ、ほんとうです。美奈子さんは一種のこわいもの見たさの心境で、ときどきあれを読んでいられたんじゃないかと思うんですが……」

「こわいもの見たさの心境で……？」

と、夏彦はまたショックを感じたように、大きくまゆをつりあげて、金田一耕助の顔を凝視していたが、やがて声をふるわせると、

「それじゃ、美奈子さんはあの本に書かれていることが、まちがっているということをしらなかったんですか。照さん……いや、照三君はそのことを美奈子さんに教えてあげてなかったんですか」

「八木さん」

と、等々力警部がきびしい顔をひきしめてことばをはさんだ。

「あの本はまちがっているんですか」

「ええ、そう」

と、夏彦も青白く顔をひきしめて、

「だから、この一件はわれわれ一家のタブーになっているんです。われわれは極力この話にふれることを避けてきたんです」

「八木さん」

と、そばから金田一耕助がおだやかにことばをはさんで、

「それはどういうんでしょうか。あの本がまちがっているとして、どういう点がまちがっているんですか。もし、さしつかえなかったらご教示ねがえませんか。これはこんどの事件でも重大な意味をもっているらしいんですよ」

　夏彦は無言のまま金田一耕助の顔を見つめていたが、やがてかるく頭をさげると、

「失礼しました。金田一先生は現代に起こる実際犯罪の研究家でいらして、過去に起こった犯罪史の研究家じゃなかったわけですね。では少々お待ちください。支那扇の女の冤《えん》を雪《そそ》ぐ貴重な文献をお目にかけましょう」

　夏彦は応接室を出ていったが、しばらくすると古ぼけた四六倍判の薄っぺらな雑誌をもってきた。

「金田一先生はこういう雑誌があったのをご存じじゃございませんか」

　金田一耕助が手にとってみると、「犯罪学研究」と、古い書体の表紙がついており、「法医学研究会発行」と下のほうに印刷してある。発行日を見ると大正三年四月とある。

「ああ、そうそう」

　と、金田一耕助は表紙の塵《ちり》をはらいながら、

「ぼくもこの雑誌を収集しかけたことがあるんですが、いまではひじょうに集めにくくなっていますね。なにしろ関東大震災と空襲とで、いまではひじょうに貴重な文献になってると聞いていますが……」

「ええ、そう、関東大震災で廃刊になったんだそうですね。ところで金田一先生は少なくとも福井作太郎の『明治大正犯罪史』より、この雑誌のほうを信用なさるでしょう」

「それはもちろん。これは当時の法曹界でも一流のおれきれきや、法医学者がやっていた雑誌だそうですからね」

「それじゃ、そのなかにある木下渓雪先生の『支那扇の女の冤を雪ぐ』という研究をお読みになってください。いや」

と、夏彦はそこできゅうに思いなおしたように、

「これはそうとう長い文章ですし、活字が小さいですから、ここでお読みになってちゃたいへんでしょう。それじゃ、それを金田一先生にお貸ししますから、おもちかえりになってみなさんでよくお読みになってください。ここではぼくがその文章の概略をお話ししましょう。いかがですか。警部さんも山川さんも」

「いや」

と、等々力警部はすばやく山川警部補に目くばせをすると、

「結構です。ぜひお話ししていただきたいですね。金田一先生、いかがです」

「ええ、もちろん。おことばに甘えてこの本はお借りするとしても、ぜひここでひととおりお話を聞かせてください」

「承知しました」

ちょうどそこへ奥さんがつめたいジュースを運んできたので、そのひとが部屋を立ちさるのを待って、

「どうぞご遠慮なく。ぼくもちょっとのどをうるおしてからお話ししますから」

と、コップのストローに口をつけて、ひと息にジュースを飲みおわったあとで、さておもむろに夏彦は語りはじめた。

「このことは八木家の一員としてこんりんざい、口に出したくないことですが、こうして活字になっている以上、いつかはあなたがたのお目にふれることもあろうかと思いますし、また、美奈子さんが俗説にまどわされて、宿業感をもっており、それがこんどの事件に関連しているとあってはゆゆしき一大事ですから、ここでお耳にいれておくのですが、『明治大正犯罪史』に稀代の毒殺魔としてあげられている八木克子なる婦人は、じつは毒殺魔でも毒婦でもなく、かえって世にも気の毒な陰謀の犠牲者だったのです」

「と、おっしゃいますと……？」

「くわしいことはそこにある木下渓雪先生の研究に譲りますが……」

　と、夏彦はくらい目をして、

「陰謀の張本人というのは冬彦の妹、すなわちわれわれにとっては大伯母にあたる田鶴子というひとだったのです。田鶴子はあによめの昔の愛人佐竹恭助に恋をした。そして、それがいれられぬ腹いせに、あによめをおとしいれようとして、おのれの母に一服盛ると同時におのれも服毒した。むろん致死量以下であらかじめ助かることを計算にいれていたんですね。このことについて冬彦や田鶴子、またわたしの祖父になる春彦たちきょうだいの母なるひと、すなわちわれわれにとっては曾祖母にあたる加根子というひとが、あらかじめあずかりしっていたかどうかはいまもって不明です。しかし、克子なる婦人を嫁にむかえたものの、その実家の本多家から、はかばかしい経済援助をうけられないのを不満としていたわれわれの曾祖母は、かねてから嫁の克子をこころよからず思っていた。そこであいういまわしい訴訟ざたにまで発展していったのですね」

夏彦がそこでことばをきると同時に、まだ昼の暑さののこっている応接室のなかに、息苦しいばかりの沈黙が無言の脅威をもってのしかかってきた。だれも口をきこうとするものはない。しらけきった沈黙のなかに、ブンブンうなる扇風器の回転の音ばかりが、いっそうこの息苦しい沈黙をあおりたてるようである。

「このことは……」

と、夏彦はさすがに苦痛におもてをくもらせながら、のどにからまる痰《たん》を切るような音をたてると、

「われわれの同族間ではだいたいしってたそうです。いったい、世間では克子という婦人の獄死をもってこの事件の終結とみなした。そして、それきり八木家から関心がそれてしまったので、克子はいつまでも毒殺魔としての汚名をのこしたのです。しかし、少し注意ぶかく八木家のその後のなりゆきを観察していれば、少々変だくらいのことは気がついたはずです。冬彦は克子の獄死後二年にして悶死《もんし》しているんですが、その原因のひとつとして、だれも嫁にきてがなかったからだそうです。また田鶴子という大伯母も嫁にもらいてがなくて、明治二十年代の後期に……すなわち『支那扇の女』の一件のほとぼりがすっかりさめたころ、くだらない男とかけおちして、しかもその男に捨てられて、よく祖父の春彦のところへ無心にきていたそうです。しかも祖父がとりあわないので、三十年のはじめに陋巷《ろうこう》で窮死したということです。ただ、曾祖母の加根子だけは長

命して、大正二年に死亡しているんですが、臨終にあたって『克子はかわいそうだった』と、たったひとことといいのこしたそうで、これはぼくの父の秋彦などもきいているそうです。だから……」

と、夏彦はなまぬるくなったジュースののこりでのどをうるおすと、

「木下渓雪先生の研究をまつまでもなく、われわれの一家ではことの真相をしっており、したがってこの話は八木家にとっては久しいあいだタブーになっていたんです」

語りおわった夏彦はいくらか気落ちしたように、額ににじんだ汗をしずかにハンカチでぬぐうと、

「ですからねえ、金田一先生」

と、こわばったような微笑を浮かべながら声をかけた。

「はあ」

「もし宿業感をもつとすれば、それは美奈子さんのほうではなく、われわれ、照三君やわたしのほうであるべきです。毒殺魔は美奈子さんの大伯母ではなく、われわれの大伯母であり、消極的ながらもわれわれの曾祖母が、共犯者的な立場にいたんですからね」

「田鶴子という婦人を毒殺魔とおっしゃると……」

と、この思いがけない告白に山川警部補は気をのまれたように、おっかなびっくりという調子で、

「佐竹恭助という画家の死は……？」

「つまりそれあるがゆえに曾祖母も、いっそう強く克子を弾劾《だんがい》せざるをえなかったのだろうといわれています。うっかりすると、じぶんの娘に火がついてきますからね。そのことについても木下先生はじつに綿密に考証していらっしゃいますよ。佐竹恭助の死は自殺ではなく、他殺であり、その犯人は田鶴子以外にないということをね」

また息ぐるしいような沈黙が、シーンとこの狭い応接室のなかに落ちこんできて、気ぜわしく回転する扇風器の音が、とがりきった一同の神経を、いっそういらだたせるようであった。

悪い種子

「いや……」

しばらくしてやっと発言したのは等々力警部だった。なにかしら熱いものでものみくだすようなぎこちない調子で、

「おっしゃりにくいところをよくうちあけてくださいました。ところで問題はそのことを……つまり支那扇の女というのは犯人ではなく、かえってあわれな犠牲者だったということを、朝井照三君はしっていたでしょうか」

「そりゃ、もちろんしってたでしょう」

と、言下にいいはなったものの、夏彦はきゅうにはっとしたように、

「いや、いや、しっていたとはっきり断言はしかねますが……さっきもいったとおりこの問題は、われわれ一族にとってはタブーになっているので、照さんと話しあったことはありませんが……」

「しかし、朝井君がしっていたと考えてもよい理由はじゅうぶんあるわけですね」

「はあ、あの、それは……」

と、夏彦はことばをにごすと、金田一耕助のほうをふりかえって、

「金田一先生、それじゃ美奈子さんはそれをしらなかったんですか」

「はあ、ご存じなかったんです。警部さん、ここで八木さんにほんとのことを申し上げたらいかがですか。美奈子さんの病癖のこと……」

美奈子の夢中遊行《むちゆうゆうこう》のことはまだ新聞にも出ていないのである。

「ああ、そう」

と、等々力警部はちょっとテーブルのうえに身をのりだすと、

「じつはね、八木さん、これはまだ報道関係の連中にも伏せてあるんですが、じつはこういうことになってるんです。さっき山川君もいったとおり、美奈子さんは幼時からそういう大伯母をもっているということから、ひとつの宿業感をもち、ひじょうに神経質になられた結果、妙な病癖をもっておられたそうです」

「妙な病癖とおっしゃいますと……？」

「夢中遊行という奇病ですね」

「夢中遊行……？」

と、夏彦は大きく目をみはり、あきれたように一同の顔を見まわしていたが、きゅうにはっと気がついたように、色白の顔に朱を走らせると、

「あなたがたはまさか、美奈子さんが夢中遊行の発作中に、おばさんや女中をやったというんじゃないでしょうねえ」

「ところが、美奈子さんじしんはそう信じきっていて、それで二度も自殺を決行したんですよ」

夏彦は籐《とう》いすの腕木を両手でにぎりしめたまま、まるでいまにも跳躍せんとするかのごとき姿勢で、一同の顔をにらんでいる。その顔にはふかい危懼《きぐ》と疑惑の色がきざまれていた。

「つまり、こうなんです。これはまず朝井君がうちあけ、それからけさほど美奈子夫人も告白したことなんですが……」

と、等々力警部はつとめて冷静をよそおいながら、

「新婚当時、いちど美奈子さんはそういう発作を起こしたことがあるそうです。ところがその後小康をたもっていたにもかかわらず、それがまた再発したというのは、朝井君のもっていた『明治大正犯罪史』を発見し、『支那扇の女』の項を読むにいたったからだというのです。朝井君はむろんそれを読むことを厳禁してたそうですが、美奈子さんはいつもそれを見つけだしては読む。読んでは宿業感をたかぶらせ、夢中遊行の発作を

起こしていたというんです。げんに十九日の晩もベッドのなかで美奈子さんはそれに読みふけっていたらしく、二十日の朝調べたところが、ベッドのそばの小卓に『明治大正犯罪史』がおいてあり、『支那扇の女』の項にかわいいしおりがはさんでありましたよ」

「ねえ、八木さん」

と、そばから山川警部補がくいいらんばかりのまなざしで、夏彦の顔色を凝視しながら、

「いま警部さんがお話しになったとおりの状態なんですが、こういうところからみると朝井君は、『支那扇の女』の事件の真相をしらなかったんじゃないでしょうかねえ」

「そ、そりゃもちろんそうでしょうよ」

と、夏彦は額からしたたりおちる汗を浴衣のそでぬぐいながら、

「しってたら、美奈子さんにうちあけ、美奈子さんの不安と恐怖、いまあなたがたのおっしゃった、美奈子さんの宿業感をとりのぞいてあげたでしょうからねえ。そうです、そうです。照三君もしっていたろうと思ったのは、ぼくの軽率な早合点でした。なんといってもかれは八木家の直系じゃない。ぼくの祖父にとっては外孫にすぎないんですからね」

だが、そういう夏彦の額からは気の毒なほど汗がしたたりおち、かれはだれの目をも正視することができなかった。

「ところで、八木さん」

と、そういう夏彦に助け舟を出すように、そばからことばをかけたのは金田一耕助である。

「朝井さんはこんどの事件についてあなたにどういってましたか。あなたも美奈子さんが自殺しかけたってことはしってらっしゃるんでしょう」

「はあ、あの、それはこういってました」

夏彦は淋漓《りんり》とふきだす汗をぬぐいながら、それでもいくらかほっとしたように、

「あの晩、だれかが外部からしのびこんだ形跡があるんでしょう。これは新聞にも出てましたが……」

「はあ、それで……？」

「だから、これはきっとちかごろこのへんを荒してるどろぼうのしわざにちがいない。しのびいったどろぼうが母や女中にさわぎたてられてやったことなのだ。ところが美奈子はちかごろ不眠症に悩まされていて、毎晩、睡眠剤を服用しているが、ゆうべもそのためにこの惨劇をしらなかった。それが朝はやくこの事件を発見し、一種の強い責任感から自殺しようとしたのだろう……と、そんなふうにいってましたが……」

「あなたはそのことばを額面どおりうけとっていられたんですね」

と、等々力警部のその調子には、べつにあいてを揶揄《やゆ》するようなひびきはなかったが、それでも夏彦はほおをそめて、

「はあ、だってぼくは美奈子さんがそのような、不当な宿業感に悩まされていたとはし

らなかったし、また、夢中遊行なんてそんな奇抜な、いえ、奇妙な病癖をもっていたなんてこともしりませんでしたからねえ」

と、夏彦はそこで深い溜息をつくと、

「しかし、そうおっしゃれば、あのひとにはそういうところがあったかもしれません。あなたがたもお会いになってるんですから、気がおつきになったでしょうが、ぼくなんかもはじめてあのひとに会ったとき、じつにきれいなひとだと思いました。しかし、それと同時になにかしら危険なものを感じたのをいまでもハッキリおぼえております」

「危険なものとおっしゃると……？」

「いえ、いえ、誤解なすっちゃ困ります」

と、夏彦はあわてて前言を打ち消すように、

「危険といってもあのひとじしんが悪質な女という意味ではなく、あまり繊細で精巧な工芸品が、繊細で精巧であるがゆえにこわれやすい、と、そういった意味の危険さを感じたというわけです」

「あなたがはじめて美奈子さんに会われたのは……？」

「あれは……照三君が岡山のほうで美奈子さんと結婚して、こちらへつれてきたときのことですから。昭和二十九年の秋でしたね」

「あなたはその式に出席なさらなかったんですか」

「はあ、ごく内輪に挙式したものですから、東京からはだれもいかなかったんです。む

こうにいる朝井家の親戚のものが二、三出席したそうですけれど……」

「朝井君はどうして美奈子さんと相知ったんですか。むこうにいるご親戚から話でも出たんですか」

「いいえ、それはそうではなく、照三君の先の奥さんの康子さんが死亡したのが、昭和二十九年の春なんです。そのお骨を納めるために帰郷したところが、はからずも美奈子さんにめぐりあって、そこでまあおたがいに好きになったんですね。そうそう美奈子さんが晶子……うちの家内ですが……晶子に語ったところによると、じぶんはからだが弱いので生涯結婚しないつもりでいた、それが照三さんにいろいろなぐさめられたり、はげまされたりしているうちに、つい結婚する気になった……と、そんなふうに語ったことがあるそうですよ」

「それにしても、その美奈子さんが八木克子のきょうだいの孫だとしられたときには、あなたもびっくりなすったでしょうねえ」

「それはもちろん」

と、夏彦は微笑を浮かべて、

「ですから、照三君柄にもなくおセンチになって、先祖の罪ほろぼしをしようとしてるんじゃないか、なんて考えたこともあるくらいです。しかし……」

と、そこで夏彦はきゅうにあわてたように、

「照三君はあの事件の真相をしってなかったんですから、これはわたしの思いすごしで

したね」

　と、少し顔をあからめてまた額の汗をぬぐった。

「ところで……」

　と、そばから口をはさんだのは山川警部補である。

「あの成城の家屋敷は美奈子夫人の名義になっているようですが、美奈子さんはそうとうの財産をもってるんでしょうね」

　夏彦は無言のまま警部補の顔を見つめていたが、やがて白い歯を出してにこにこ笑うと、

「山川さん、あなたのおっしゃりたいことはよくわかります。その結婚は美奈子さんの財産が目当てじゃなかったかと、そうおっしゃりたいんでしょう。しかし、そういうご質問は、ぼくにたいしても侮辱になるんですよ」

「と、おっしゃると……？」

「だって、この家屋敷だって晶子のおやじがつくってくれたもんですからね。ただし、ぼくのばあいは夫婦のあいだに子供があるので、おやじはぼくの名義にしてくれてますがね。われわれはおたがいに斜陽族なんです。それにねえ、金田一先生」

「はあ」

「ぼくはそういう意味のご質問についてはお答えしたくないんです。というのは、ちかごろはもうそんなことはなくなりましたが、ぼくは幼時から学生時代へかけて、照三君

に猛烈な劣等感をいだいていたんですよ。われわれはおないどしですから、なにかにつけて比較されます。ところがこちらはいたって平々凡々な鈍才なのに、照三君は神童から秀才への道をたどっていった男で、ぼくは学習院ですました……というよりは、すませざるをえなかったのに、かれは帝大の独文へと進んでいます。だから、学生時代まではかれのことを思うとぼくの心はつねにいたんだものです。いまはもうそういう境地、劣等感からぬけだしているつもりですが、それでも昔の傷が尾をひいていて、無意識のうちにかれを誹謗《ひぼう》するような結果になると、ぼくはあとあとまでいやな自己嫌悪《けんお》を感じずにはいられないだろうと思うんです」

夏彦の真摯《しんし》な口のききかたに、金田一耕助は好感をおぼえずにはいられなかった。おそらく等々力警部や山川警部補にしてもおなじことだっただろう。しかし、ひるがえして考えると、かれのそういういいかたが、すでに朝井照三を誹謗していることになるのではないか。

「いや、ごもっともです」

と、金田一耕助は率直にうなずいて、

「それじゃ、警部さん、あとは具体的な事実についてだけ、八木さんのご意見を聞かれたらいかがですか」

「ああ、そう」

と、等々力警部はうなずいて、

「それじゃ、もう少しおたずねしたいことがあるんですが」

「はあ……」

「一昨年の秋、あなたは郷里にあるご先祖の墓をあばかれたでしょう」

「はあ……？」

この質問は夏彦にとって意外だったらしく、思わずまゆをひそめて等々力警部の顔を見ながら、

「それがなにか……？」

「あれはあなたのご意見でしたか。ご先祖の墓をあばくというのは……？」

「いや、じつは……」

と、夏彦は質問の意味をはかりかねて、なんとなく警戒するように、

「あれは照三君のすすめなんです。ぼくとしては先祖の墓をあばくなんて……ちょっとその勇気はないほうなんです。第一、母がまっこうから反対しますしね。しかし、日本文化のためだとかもちかけられると、ぼくはまあ弱いほうで、結局、あの男に負けてしまったんですが、それがなにか……？」

「あなたはそのとき盲腸の手術のために、万事を朝井君におまかせになったそうですが……」

「いや、その節、盲腸の手術をしたことはほんとですが、手術をしてもしなくても万事は照三君にまかせることになっていたんです。銀行員が先祖の墓をあばくために、勤務

をやすむわけにもいかないじゃありませんか。しかし、それがなにか……？」

夏彦はいよいよ不安らしく金田一耕助と等々力警部を見くらべている。肉づきのよいゆたかなほおが、いくらか青ざめてさえみえた。

「いや、じつはね、これは朝井君の話なんですが、冬彦氏の墓をあばいたところが、柩《ひつぎ》のなかから佐竹恭助の筆になるとおぼしい、支那扇をもった女の油絵が出てきたというんです。それを朝井君がひそかにもちかえって、美奈子さんに見せたところが、支那扇の女の顔が美奈子さんにそっくりだった。そこで美奈子さんはじぶんこそ毒殺魔八木克子の生まれかわりであるという、宿業感をいよいよ深くして、それ以来、夢中遊行の病癖が再発したというんですがね。いや、じつはこれは美奈子さんの告白から判明して、朝井君に問いただしてみたんですがね」

夏彦は茫然として警部の話を聞いていた。その目ははたして警部のことばを理解しているのかいないのか、疑問に感じられるほどうつろだった。警部の話がおわっても夏彦は依然としておなじ姿勢で、金田一耕助と等々力警部、山川警部補の顔を見くらべながら、放心したように返事はなかった。

「八木さん、それについてあなたになにかご意見は……？」

等々力警部に返事をうながされて、夏彦ははっとしたようにわれにかえると、あわてて額の汗をこすりながら、

「ああ、いや、その……そりゃ照さん、いや、照三君がそういうのなら、そりゃそうな

んでしょう。そんなことは……文学や美術のことについては、ぼくなんかよりうんとよくわかる男ですから……しかし、照三君、なぜそのことをぼくにいわなかったんだろう」

「いや、それなんですが、朝井君のいうのには、はじめのうちその絵を本物だと思ったんだそうです。本物だとするとこれはひじょうに貴重な絵ですからね、つい私したくなったので、あなたにかくしていたというんです」

「じゃ、それ本物じゃなかったんですか」

「はあ、朝井君もいろんな角度から調べているうちに、本物とは思えなくなったので焼きすててしまったんだそうです」

「焼きすててしまったあ……？」

あきれたように目をみはる夏彦の眉間《みけん》には、さすがに不快そうな色がかくしきれなかった。

「ええ、そう、これは美奈子さんもそういってますから、まちがいないでしょう。それというのがその絵の顔が、あまりにもよく美奈子さんに似ていたので、美奈子さんがいよいよ宿業感を深くして、じぶんを八木克子の生まれかわりで、したがって、じぶんの体内には犯罪者の血がながれてるっていうふうに信じはじめたんですね」

「そういえば……」

と、夏彦が放心したような目でつぶやくのを、山川警部補が聞きとがめて、

「そういえば……？　とおっしゃると、なにかお心あたりのことでも……？」

「いや、いや、それはぜんぜんべつの話なんですが……」

「八木さん」

と、そばから金田一耕助がおだやかにことばをはさんで、

「べつの話でもかまいません。なんでもお心あたりがあったらおっしゃってくださいませんか」

「はあ……」

と、夏彦はなんとなく落ち着きのない態度を示して、

「じつはこれ、晶子から聞いた話なんですが……晶子はもちろん美奈子さんから聞いたんですね。さきごろ『悪い種子』という外国映画が封切りされたそうですね。ぼくは映画のことは門外漢なんですが、晶子の話によると、犯罪者を祖母にもった幼い少女が、殺人をかさねていくというような筋なんだそうです。つまり、そこが『悪い種子』なんですね。そういう映画、ございましたか」

「はあ、ありましたよ。ぼくなんかも見ました。それで……」

「その映画を照三君が美奈子さんに見せたらしいんですね。それ、あんまり後味《あとあじ》のいい映画じゃなかったんでしょう」

「そうですねえ」

と、金田一耕助は等々力警部に目くばせしながら、

「ことに美奈子さんのようにひとつの宿業感をもっている女性にとってはね」

「ところが、その宿業感については、晶子もぼくもしらなかったわけです。しかし、その映画を見たあと、美奈子さんはちょっとしたショックを感じて寝こんだんですね。それで、晶子が見舞いにいったところが、うちの主人はなぜあたしに、あんな深刻な映画を見せたんだろうと、美奈子さんが泣いたそうです。晶子もその筋を聞いてかえってきて、なんだって照三さんはあんなセンシブルなひとに、そんないやな映画を見せるんだろうと、ぼくにむかって憤慨していたのをいま思いだしたんです」

金田一耕助と等々力警部、山川警部補の三人は、ただ目を見かわすだけで、だれもそれについて意見をさしはさむものはなかった。だが、三人が三人ともあるドスぐろい思いに胸をぬりつぶされていることだけはたしかなようだ。けわしくひきしまった等々力警部と山川警部補の表情がそれを示している。

いったい、朝井照三というのはどういう男なのだろう。

「いや、どうもよけいなことをお耳に入れて……」

と、夏彦はいかにもよけいなことを話したのを、後悔するかのようにそわそわしながら、

「それで、さっきの話ですが、ほんとにそんな絵が墓のなかから出てきたんですか」

「いや、朝井君はそういってるんですがね」

「ああ、そう、照さんがそういうのならそうでしょうが、それにしても、その絵がどう

して八木克子の肖像だと断定できたんですか。たとえ、それが贋物《にせもの》だったにしろ」

「いや、それはこうなんです」

と、金田一耕助が返事をひきうけて、

「美奈子さんの話によると、その絵にはちゃんと、ポートレート・オヴ・ヴァイカウンテス・ヤギと書きいれてあったそうです。それもあとから書きいれたんじゃなく、その文字がひとつの装飾になり、その絵と切っても切れぬような花文字で書いてあったというんですね」

「じゃ、八木子爵夫人の肖像と、その絵にちゃんと書きいれてあったとおっしゃるんですか」

夏彦のまゆがきゅうに大きくつりあがったので、金田一耕助はあやしむようにその顔色をうかがいながら、

「それがなにか……？」

「金田一先生、ちょっとその雑誌を……」

と、夏彦は「犯罪学研究」をとりあげると、なぜか呼吸をはずませながら、いそがしくページをくっていたが、

「ああ、やっぱりそうでした」

「と、おっしゃると……？」

「いえね、金田一先生、ここにも記録されてるように佐竹恭助が八木克子をモデルとし

て、支那扇の女を描いたのは明治十五年のことなんです。これはほかの美術史にも、そう記録されておりますからまちがいないでしょう。ところが、これはわが家の歴史に関することですから、ぼくはよく記憶しているんですが、明治十五年には日本にはまだ子爵も伯爵もなかったんです。公侯伯子男《こうこうはくしだん》の華族というものが日本に制定されたのは、明治十七年のことなんです」

「な、な、なんですって！」

「だから、木下先生のこの研究ではその絵のことは、たんに八木夫人の像となっております。ところが『明治大正犯罪史』の筆者はそこを見落としていて、その絵のことを、たしか八木子爵夫人の像と書いてあったようにおぼえているんですが……」

金田一耕助と等々力警部、山川警部補の三人は、思わず両手をにぎりしめた。

これでどうやら朝井照三が、八木家の墓地から発掘したと称する支那扇の女の絵が、偽画であったことは決定的となったようである。

偽画作家

成城における二重殺人事件が、突如《とつじょ》としてさらに重大な事件へと急転回を見せたのは、八月二十五日のことである。

金田一耕助のアドバイスで、朝井照三の知り合いのなかに、偽画でもやりそうな男はないかと探索をすすめていた志村刑事は、八月二十三日になって、それらしい人物をつきとめた。

その男は辺見東作といって、かつてある高名な洋画家に師事して、いちおう前途を嘱《しょ》望《くぼう》されていたそうだが、数年前恩師の絵を偽作して、破門されたという札つきの人物である。

その後、少年少女雑誌に挿絵《さしえ》やなんかをかいており、朝井照三の小説の挿絵をかいたこともたびたびある。げんに朝井照三が八月二十日の朝、二時ごろまでかかって書きあげたという連載小説なんかも、辺見東作が挿絵をかいているのである。

「しかも、それがたんに作家対挿絵画家という関係じゃなく、個人的にもつきあいがあり、朝井が原稿を依頼されると、挿絵は辺見君にと注文をつけるのがおさだまりで、よくいっしょに酒などのんでるそうですよ」

八月二十三日の夜、成城署で開かれた、捜査会議の席上での、志村刑事の発言である。むろん等々力警部と金田一耕助も、その会議には出席していた。

「それで、志村君、きみはその男に会ってみたの」

「いえ、ところがあいにくいどころがわからないんですよ」

「いどころがわからない……？」

と、山川警部補はまゆをひそめて、

「それはどういう意味だろう」

「いや、べつにたいした意味ではなさそうですが……いままでにもちょくちょく、三日なり五日なり家を出てかえらないことがあったそうです。つまり家にいると仕事ができないというんで、仕事をもって都内のどこかへ潜伏してしまうんですね。だから、ばあやもべつに心配そうではなかったですがね」

「ばあやというと……？　家はいったいどこにあるのかね」

「吉祥寺なんです。吉祥寺のはずれに住宅金融金庫から金を借りて、ちっぽけな家を建ててるんですが、女房がなくて、通いのばあや、佐藤貞子というのが、掃除だの洗濯《せんたく》だの炊事などをやりにくるんですね。そのばあやの話なんですが……」

「もとから独身なのかね」

「いや、その家を建てた時分には細君もいたそうです。いまから四、五年まえのことだそうですが……ところが、その後、かみさんに逃げられたのか追いだしたのか、三年ほどまえにわかれてしまって、それ以来、佐藤貞子が通いで家事を見ているんだそうです。近所の評判によると、ずいぶんいろんな女が入れかわり立ちかわりやってきて、なかには泊まっていくのもあるそうですから、かなりでたらめな生活をしているらしいんですね」

「いくつぐらいの男かね」

「武蔵野署へよって戸口調査の帳簿を見せてもらってきたんですが、大正十年生まれとなってましたが……」

「そうすると、朝井よりは年上だね」

「そうそう、佐藤貞子の話によると、朝井はそのうちへもちょくちょくやってくるそうです。朝井がくると辺見は先生、先生と下へもおかぬもてなしで、よくいっしょに新宿あたりまで飲みにいくそうです。だから、年齢からいうと辺見のほうがうえですが、作家対挿絵画家の関係で、辺見のほうが兄事していたらしいんですね」

「住宅金融金庫で金を借りたにしても、家を建ててるところをみると、そうとうの収入はあるんだね」

「はあ、それについて佐藤貞子もじまんしてましたが、ちかごろは、ほら、子供の雑誌にやたらに付録がつくでしょう。そのなかでいちばん人気があるのが漫画と、空想科学的な絵本なんだそうです。辺見は月に、二、三冊はかならずそういうものをひきうけるんだそうですが、そういう場合、タネに困ると朝井をごちそうして相談しているらしい。そういう意味で、朝井先生をだいじにしてるらしいってのが佐藤貞子の意見なんですが、ついでにここで、朝井の収入のことについても申し上げておきましょうか」

「ああ、聞かせてもらおう」

「いや、じっさい、雑誌社へいって聞いてみておどろきましたね。朝井はいま三つの子供雑誌に連載を三本書いてるんですが、だいたい毎回二十枚なんだそうです。ところがその原稿料が一枚いくらだと思います」

「いくらだね」

「税込みですけれど三千円だそうです。だから、三本の連載をもってると、毎月一割五分の税込みとはいえ、十八万円は保証されてるわけですね。ほかに単行本がよく売れてるし、ちかくテレビでもやるって話があるそうですから、こりゃ、そうとう大きな収入をもってる男なんですね」

志村刑事にとってこの発見は、よほど意外だったらしく、感にたえたような口吻だった。

もっともこの刑事の推測によると、美奈子夫人の財産をねらっての犯行ということだったから、これでがらりと目算がはずれたことになったせいかもしれない。

「そういえば……」

と、すみのほうからものしずかな声で発言したのは金田一耕助である。

「子供のものの作家には、かくれたるベストセラーというのがあり、一般にはしられないが、そうとう大きな収入をもってるひとがあるといいますね」

「しかし、税金でそうとう吸いあげられるし、生活は派手だしで、志村君が驚嘆するほど、楽でもないんじゃないかな」

と、笑いながらことばをはさんだのは等々力警部である。

「そうそう、そういえば佐藤貞子もいってました。朝井先生もあんなきれいな奥さんがおありだのに、よくお遊びになるって……」

「志村さん」

と、金田一耕助がそのことばを聞きとがめたように、

「そうすると、辺見家の通いのばあやは美奈子さんをしってるんですか」

「ああ、そうそう。それについてわたしも問いただしてみたんです。美奈子もここへきたことがあるのかって。そしたら、美奈子のほうからきたことはないが、佐藤のばあやさんのほうから辺見東作の使いで、この成城のうちへきたことがあるんだそうです。それで美奈子をしってるんですね」

「ああ、なるほど」

と、金田一耕助はぼんやりなにかを考えながら、

「それで辺見東作という人物、いつごろから家へかえらないんです」

「三、四日とか、四、五日とか佐藤のばあさんがいってましたがね。しかし、いままでにもそんなことはたびたびあったことだそうですよ」

「しかし、志村君」

金田一耕助の顔色をみて、等々力警部もきゅうに不安をもよおしたらしく、

「きょうは二十三日だから、いなくなってから三日とすると、二十日ごろ、四日として十九日、五日とすると十八日ごろ、姿を消したということになるが、そうすると、こんどの事件になにか関係がありゃせんか」

「そうだ、志村君、これは警部さんのおっしゃるとおりだ。この辺見東作という人物をいちおう重要な関係者とみて、至急いどころをつきとめてもらいたいね」

「承知しました」

と、志村刑事も勢いこんだが、しかし、その翌日の二十四日になっても、辺見東作のいどころはわからなかった。

「どうも、こんどは少し勝手がちがうらしいんですよ」

二十四日の夜の捜査会議の席上では、志村刑事の顔色もいささかこわばりぎみだった。

「勝手がちがうというと……？」

山川警部補の質問に、

「いえね、いつもは自宅から姿をくらましても、仕事をしている雑誌社には、ちゃんといどころをしらせてあったそうです。ところがこんどはどの雑誌社に聞いてみても、いどころがわからないんです。げんに二十日の朝二時までかかって、朝井が書きあげた原稿ですね。その挿絵も辺見がかいているんですが、その辺見のゆくえがわからないので、雑誌社のほうでも、困ってるというんですね」

「そうすると、二十日にはもう失踪《しっそう》してるんですね」

「そうです、そうです。それで正確にいってていつごろまで消息がわかってるかというと、十八日にはうちで仕事をしてるんです。これは佐藤のばあさんも思いだしてくれましたし、雑誌記者も三人ほど、その日、辺見のうちで主人公にあってるんです。ところが、その翌日の十九日の朝、佐藤貞子がいったとき、辺見の姿は見えなかった。そして、それっきりだというんですね」

「佐藤のばあさんは鍵をもってるんですね」

「はあ、それで、そういうばあいはいちど家じゅうをあけて、風を入れ、掃除だけをして、また戸締まりをしてかえってくるんだそうです。そのあとで辺見がかえってくるとじぶんで呼びにくるんだそうですがね。おなじ吉祥寺の、ばあさんの家もそう遠くないもんですから。……そうそう、きのう、朝井が訪ねてきたそうですよ。わたしがかえったちょうどあとだったそうです」

「朝井君が訪ねていくのはふしぎはないとしても、きのうはどんなようすでした」

「いや、朝井も十九日ごろから辺見が家へかえっていないときいて、ひどく心配そうな顔をしてかえっていったそうです」

「いったい、美奈子さんは辺見という男をしっているのかな」

「いや、金田一先生、それはけさ美奈子に聞いてみましたが、辺見は成城のうちへもきたことがあるそうです。しかし、美奈子はその男にあんまりいい感じをもっていないようですね。良人の悪友というふうに考えているようです。タイコモチみたいな感じのひとで、わたしはどうしても好きになれないといってました」

その美奈子はまだ入院中なのである。

「どちらにしても辺見東作という人物を、もっとげんじゅうに追及することが、必要になってきたようですね」

金田一耕助はなにかえたいのしれぬ不安に、腹の底にしこりのようなものを感じずにはいられなかった。その不安の正体がどういうものであるか、それはかれにもはっきり捕捉することはできなかったのだけれど。……

ところが、さっきも述べたように、その翌日の二十五日になって、俄然《がぜん》、局面はおどろくべき方向へ急転回したのだ。

午前十一時ごろ、緑ケ丘町の高級アパート、緑ケ丘荘のフラットで、トーストにミルク、半熟卵に果物という、ごく簡単な朝飯をすました金田一耕助が、応接室兼居間兼書斎で朝の新聞を読んでいると、とつぜん、けたたましく卓上電話のベルが鳴りだした。

金田一耕助が受話器をとりあげると、あいては等々力警部であった。

「金田一さん」

と、警部は興奮の色をかくそうともせず、

「あなたこれからすぐに吉祥寺のほうへおいでねがえませんか」

「ああ、辺見東作がかえってきたんですか」

「いや、かえってきたなんてものじゃないんです」

「と、おっしゃると……？」

「辺見は殺されて仕事場の押し入れのなかにつっこまれていたんです」

金田一耕助は無言のまま、受話器をかたくにぎりしめていたが、しばらくして、やっとのどのおくから返事をしぼりだした。

「承知しました。さっそくおうかがいしますが辺見君の住居は……？」

チーズの歯型

辺見東作の死体発見のてんまつはこうだった。

毎朝九時にやってくる通いの佐藤貞子は、八月二十五日の朝もおなじ時刻にやってくると、いちおう雨戸をあけはなった。

辺見がいるとそのあと掃除をしたり、洗濯をしたり、昼と夜との食事の用意をしたり、あるいは客のとりつぎをしたりするのだが、主人が留守のときは雨戸をあけるだけではかに用事はない。だから、いちおう風を入れただけで、ふたたび雨戸をしめてかえってもよかったのだが、その日は辺見のふとんの洗濯を思いたった。

べつに頼まれていたわけではないが、辺見が留守でもきまったものだけはくれるので、毎日雨戸をあけにくるだけでは気がとがめたのである。それに独身者の辺見の夜具は、どれもそうとう汚れていて汗くさく、きれいずきの佐藤貞子には気になっていた。

それにきょうあたりかえってくるかもしれないという気持ちも手つだって、茶の間をかたづけると、ふとんを解きにかかっていた。ところがどうも仕事場のほうからいやなにおいがかようてくるのである。

この仕事場はちょっと離れみたいな四畳半になっていて、そこだけはぜったいに佐藤貞子にもさわらせなかった。いや、さわらせないのみならず、なかへはいることさえ許さなかった。だから、その部屋だけはここ数日、雨戸もしめきったままである。

しかも、その部屋だけは辺見じしんが掃除をするのだが、掃除をするといっても一週間にいちどやるかやらないか、どうかすると十日もやらないですませることもある。だから、その部屋だけはいつも男やもめの臭気が強くたてこめている。それが、この暑さにもかかわらずここ数日、雨戸をしめきったままでいるのだから、いっそういやなにおいが強くなるのであろうと思った。

雨戸をあけるくらいならかまわないだろうと、佐藤貞子は考えた。そこで思いきって仕事場へはいっていって雨戸を開いた。雨戸の外にはカンナの花が強烈な色を放っていた。

だが、雨戸を開いてもいやなにおいは弱められなかった。むしろヘドをはきたくなるようなそのにおいは、いよいよ強烈に佐藤貞子の鼻孔《びこう》をおそうた。そのにおいの原因が押し入れのなからしいとしった佐藤貞子は、猫でも死んでいるのではないかとふすまをひらいてみる気になった。そして、ふとんのあいだからのぞいている人間の足を発見したというわけである。

金田一耕助がかけつけたのは、もうかれこれ正午ごろだったから、死体はもちろん押し入れのなかからひっぱりだされて、座敷に夜具をとってそのうえに寝かされていた。

年齢のわりには額がはげあがって、小柄で醜い男であった。

美奈子はタイコモチみたいな感じの男で、どうしても好きになれないといったそうだが、偽画の前科をもっていることだけでも、この男の自尊心の欠如がうかがわれる。死体となったその顔にも、そういう卑しさが顕著であった。

死体はアンダーシャツにステテコ、それに腹巻きをまいただけで、ステテコのしたからかぼそいすねがのぞいている。くちびるのはしからアンダーシャツの胸にかけて、斑々《はんぱん》として赤黒い血がこびりついていた。死体からは強烈な異臭が発散している。

「死因は……?」

「青酸加里らしいんですね。くわしいことは解剖の結果をみなければわかりませんが……」

等々力警部は憤激のために目を血走らせ、額にギタギタ汗をにじませている。もっともきょうもまた水銀柱は三十度を突破しそうな暑さなのである。

「金田一先生、ちょっとこっちへきてください」

と、声をかけたのは武蔵野署の服部警部補である。金田一耕助はこのひととももいっしょに仕事をしたことがあり、昵懇《じっこん》のなかだった。

座敷から鍵の手になったところに四畳半の仕事場があるが、その仕事場にはまだ嘔吐《おうと》をもよおしそうな異臭がたてこめている。服部警部補はあけっぱなしになっている押し入れのなかを指さしながら、

「死体はこの押し入れのふとんのなかに、いまごろらんになったまんまの姿でつっこまれていたんですが、それを発見した通いのばあやの佐藤貞子というのが、わりに気がきい

ていて、ちょっとふとんをもちあげて顔をみると、すぐ電話で一一〇番へしらせてくれたんです。ですから……」

と、服部警部補はあたりを見まわし、

「だから、この部屋は事件が発見されたときのまんまで、まだ、なんにも手がついていないんです」

「ということは、殺人がおこなわれたときのままだということですね」

「まあ、そういうことになるんじゃないですか。だから、警部さんのご注意で、写真やなんかは撮影をすましましたが、あとはあなたがいらっしゃるまで、このまんまにしとこうということになったんです」

「いや、それはどうも」

「それにしても、金田一先生、これ、成城の二重殺人事件と関連してるそうですが、ひとつまたよろしくお願いしますよ」

金太郎みたいにまるまるふとった服部警部補は、いつも愛想がよいのである。

「いや、まったくおどろいてしまいましたね。こうむざむざと人命がそこなわれるとは……」

「なにしろ邪魔者は殺せという世相ですからな」

と、慨嘆するようにつぶやいたのは、成城から山川警部補といっしょに駆けつけてきた志村刑事である。

「それにしても、先生、この部屋のようす、はなはだ暗示的だとはお思いになりませんか」

耳のそばで小声でささやいたのは山川警部補である。

金田一耕助もさっきからそれを感じていたので、無言のままうなずいた。

この四畳半のなかは乱雑をきわめていた。張り出し窓にむかったところに、畳一畳くらいの大きさの机がすえてあり、机のうえには雑誌だの、切り抜き帳だの、スケッチ・ブックなどがうずたかく積みかさねてあり、やっと仕事ができるくらいの空間がのこっているだけである。

机の左側には押し入れとならんで半間《はんげん》の床の間があり、床の間のうえには、乱雑に立てかけたカンバスの枠《わく》のほかに、小さな戸だながすえてあり、戸だなには洋酒のびんがならんでいる。

畳のうえにも雑誌だの新聞だのが散らばっているが、そのなかに四角い銀盆がおいてあり、銀盆のうえにはジョニーウォーカーのびんがひとつとソーダサイフォン、ウイスキーソーダがそれぞれ底のほうにのこったコップがふたつ、それから洋皿がふたつあって、ひとつにはトマトの切ったのがすっかり水気をうしなっており、もうひとつの皿にはクラッカーとチーズが盛ってある。

ほかに夏ざぶとんがふたつ乱暴に投げだしてあるが、そのひとつには赤黒い血がなすったようにこびりついている。その血の跡と夏ざぶとんのしわが暗示的だった。

「金田一先生」

と、服部警部補はウイスキーソーダが底にのこったふたつのコップを指さしながら、

「あのコップのどちらかに青酸加里が投入されていると思うんです。つまり、犯人はここで被害者と、ウイスキーソーダをのみながら対談していた。たぶんその血のついたざぶとんが犯人のものだったのでしょう。ところが薬がきいて被害者が苦しみだしたので、犯人はじぶんの敷いていたざぶとんで、犯人の顔をおさえて、馬乗りになった……かどうか、とにかくおさえつけて、被害者の息の絶えるのを待っていた……と、だいたいそういうことになってるんですが、先生はどうお考えになりますか」

「まあ、だいたいそうでしょうねえ」

「と、すると、このコップに犯人の指紋がのこっているはずだと思うんですが……」

「さあ、それはどうでしょうか。青酸加里をつかうくらいの犯人が、そうかんたんに指紋をのこしますかね。ちかごろは流しのどろぼうでも手袋をはめるくらいの知恵はもってますからね。しかし、まあ、いちおう指紋を検出してごらんになるんですね」

金田一耕助はなんとなく気のりうすの顔色だった。

「ところがねえ、先生」

そばからことばをはさんだのは志村刑事である。

「佐藤のばあさんから聞いたんですが、辺見はぜったいといっていいくらい、この部屋へは客をとおさなかったそうです。むこうにちっぽけな応接室がございましょう。雑誌

社の連中でもたいていむこうで用を足して、座敷へとおすことさえまれだったといってるんです。それにもかかわらずこの部屋で、しかも、アンダーシャツにステテコ姿で、酒をくみかわしたとすると、あいてはよっぽど親密なあいだがらだったんでしょうねえ」

しかし、金田一耕助はそのわなにおちいることを警戒して返事をしなかった。志村刑事はその親密な人間とは、だれであるかという仮定のもとに口をきいているのだ。うっかり相づちをうつということは、あいてを誤らせることになるかもしれない。

はたして志村刑事はことばをついで、

「佐藤のばあさんに聞いたところが、こちらの先生が仕事場へひとをとおすなんてことは考えられないが、もしとおしたとしたら成城の先生、すなわち朝井照三しかないといってるんですがね」

あいてが朝井照三ならば、アンダーシャツにステテコというような、失礼な姿で酒くみかわしたとしてもふしぎではないと、佐藤貞子はいったというのである。

「美奈子は辺見のことをタイコモチみたいな男といったそうですが、佐藤のばあさんもいってます。朝井にたいするとき辺見東作という男は、いつも先生、先生と、まるで家来みたいにペコペコしていたというんです」

「なるほど」

と、金田一耕助は注意深い目で、仕事場のなかを見まわしていたが、

「ねえ、警部さん」

と、等々力警部に呼びかけた。

「はあ」

「朝井照三君が焼きすてたという『支那扇の女』が、辺見君の筆になる偽画だとしたら……そして、その顔が美奈子さんに似ていたとしたら、当然、それは美奈子さんの写真を手本にして描いたものだろうと思うんです。だから、そこにぬかりはないでしょうが、偽画の手本になったろうと思われる、美奈子さんの写真はないか、また、『支那扇の女』の下絵みたいなものがのこっていないか……ひとつ、それをさがしてごらんになったらいかがですか。こんなこと申し上げるまでもないことでしょうが……」

そういいながらも金田一耕助は、なにか腑《ふ》に落ちない顔色で、雀の巣のようなもじゃもじゃ頭を、ぼんやりかきまわしながら、部屋のなかを見まわしている。

等々力警部にはなにが金田一耕助の心にひっかかっているのかわからなかった。しかし、なにか気になることがあるらしいことだけはわかっていた。しかし、いまそれをたずねたところでうちあける男ではない。

「承知しました。それじゃひとつその方針で、この部屋のなかを徹底的にしらべてみましょう」

だが、それはそうとう根気のいる仕事だと、等々力警部は多少うんざりせざるをえなかった。

それほど、部屋のなかは乱雑をきわめており、床の間のごときは戸だなの背後に、切り抜き帳やスケッチ・ブックのたぐいが、天井までギッチリと積みかさねられ、そのために安普請の床が、すこしがたついているくらいである。

「ときに、金田一先生」

と、服部警部補がちょっと目をかがやかせて、

「ここにおもしろいものがあるんですがね」

「おもしろいものとおっしゃると……？」

「ほら、ここにチーズがあるでしょう。そのチーズのひとつがかじりかけになってるでしょう。この歯型はおそらく犯人か被害者のうちの、どちらかひとりのものだと思うんです」

「ああ、なるほど」

金田一耕助が洋銀の盆をのぞきこんでみると、なるほど皿に盛られたチーズの薄く切ったかけらのなかに、ひとつかじりかけのがころがっており、その断片に歯の跡がのこっている。

「ところが、先生もごらんになったとおり、被害者の辺見東作という男はおそらく反《そ》っ歯で乱杭歯《らんぐいば》です。だから、これは当然、犯人の歯型だと思うんですが……」

金田一耕助は水分をうしなって石鹸《せっけん》のようにかたくなっている、そのチーズにのこった歯型をみているうちに、また、バリバリともじゃもじゃ頭をひっかきはじめた。

金田一耕助はじぶんでも説明しかねる、なにかしら漠然とした不安を感じて、それがいかの墨のようにドスぐろい思いとなって、腹の底にひろがっていくのをおさえることができなかった。

水洗便所の音

朝井照三が辺見東作の殺人容疑で逮捕されたのは、昭和三十二年八月二十八日のことだった。かれに濃い疑惑の目がむけられたのは、いろんな事情が積みかさなったからである。

まず、辺見東作の仕事場がげんじゅうに調査された結果、「支那扇の女」の偽画の手本に使われたらしい、美奈子の写真が数葉発見された。それらはいずれも結婚後、朝井が撮影したものであることを、朝井じしんも認め、美奈子も消極的な態度ながらも肯定した。

さらに朝井の陰険な陰謀を立証するものとして、「支那扇の女」の下絵とおぼしいスケッチが、数枚発見されたのが大きかった。それらのスケッチでは女はいずれも支那服を着て、大きな支那扇をもっているが、ポーズはそれぞれちがっていた。

おそらく佐竹恭助の描いた八木克子の像の、綿密なポーズが文献としてのこっていないので、辺見東作は朝井照三と相談しながら、いろいろと描いてみたのだろう。

それらのスケッチのひとつとおなじポーズの支那扇の女が、二十号のカンバスにかかれているが、その絵のうえにははっきりと、リボンを散らしたような装飾的な枠のなかに、古風な書体の横文字で、「ザ・ポートレート・オヴ・ヴァイカウンテス・ヤギ」と、書きいれてあった。

朝井照三が八木家の墳墓から発見したと称して、美奈子に見せた「支那扇の女」の絵は、五十号ばかりであったというが、辺見東作の仕事場から発見された二十号の絵は、どうやらその下絵だったらしい。

美奈子はひとめその絵を見ると、良人が焼きすてた「支那扇の女」の絵と、大きさ以外はなにもかもおなじであると証言した。しかも、その絵の女の顔は、美奈子とそっくりおなじに描かれていた。

なるほど、これでは幼時から強い宿業感をもち、極度に神経質になっている美奈子が、大伯母の生まれかわりという妄信を、抱きはじめたのもむりはないかもしれない。しかも彼女はその大伯母を毒殺魔とばかり信じていたというのだ。

なお、そのうえに朝井照三は、この神経がかぼそくて、人一倍感受性の強い妻に、「悪い種子」という、見せてはならぬ映画を見せている。

これらの一連の事実から推測すると、そこに朝井照三の悪魔のような意志がくみとられるのではないか。朝井はこれらの悪だくみによって、その妻の繊細な神経を、破壊し、粉砕しようとしていたとしか思えない。美奈子に心理的な動揺をあたえ、神経の平衡をうしなわせ、夢中遊行の発作を起こさせる。……それが朝井照三の邪悪な計画ではなかったか。……

だが……

そこまでは朝井照三にも可能だったかもしれない。しかし、なおそれ以上のこと……すなわち夢中遊行中の美奈子に、姑《しゅうとめ》と女中を惨殺させるというようなことまで、朝井照三に可能だったろうか。

ここで、志村刑事の指摘した、二十日の朝の美奈子の服装が問題になってくる。美奈子はパジャマを着ていたが、血はその右のそで口にしか付着していなかった。

夢中遊行の発作を起こしていたにしろ、いなかったにしろ、美奈子がまき割りをふるって、姑と女中を惨殺したのだとしたら、彼女はもっと多くの返り血を浴びていなければならぬはずである。

ここに朝井照三にたいする強い疑惑が発生する余地があった。朝井が十九日の夜おそくから、二十日の朝早くへかけて、渋谷松濤の兎月荘から、成城の自宅へひそかに舞いもどったという証拠は、いまのところあげられていない。

しかし、それかといって朝井がいっているように、十九日の夜十一時ごろ、道玄坂の散歩からかえってきて、真夜中の二時ごろまで執筆に没頭したあと、朝まで兎月荘の一室で寝ていたという証拠もない。

したがって、成城の二重殺人事件に関するかぎり、朝井を犯人と断定するのはまだ早計としても、辺見東作殺害事件ではかれは有力な容疑者と目されていた。

それは現場から発見されたチーズの歯型である。この歯型は警視庁の科学研究所員の慎重にして綿密な調査の結果、朝井の歯型にまちがいなしと断定され、そこで捜査当局も朝井逮捕に踏みきったのである。

逮捕されたあと、朝井は黙秘権を行使してひとことも事件については語っていない。しかし、捜査当局では着々として証拠固めに余念がなかった。

辺見が毒殺されたのは八月十七日の夜のことと思われる。ところが、朝井にとって不利なことには、かれはその晩もはっきりとしたアリバイをもっていないのである。朝井は十九日の夜とおなじく、兎月荘の一室に閉じこもって執筆に没頭していたといっているが、それを証明できるなにものも、また、それを証言できるなにびともいなかったことは、十九日の晩から二十日の朝へかけてと同様だった。

十七日の夜、朝井が吉祥寺の辺見宅へおもむいたという、はっきりとした証人がえられなかったのも、十九日の夜とおなじであった。が、しかし、こんどは現場にのこっていたチーズの歯型という有力な証拠があった。

現場からは朝井の指紋はえられなかった。現場にのこっていたふたつのウイスキーソーダのコップのうち、青酸加里の発見されたコップのほうには、はっきりと辺見東作の指紋がのこっているのに、もうひとつのコップには、指紋らしい指紋はなにひとつ発見されなかった。

これがちょっと捜査当局を困惑させたことも事実である。コップの指紋を消していくほどの犯人が、なんだって、歯型という有力な証拠をのこしていったのか……?

しかし、それも犯人というやつは……ことにりこうぶって完全犯罪などをもくろむ犯人にかぎって、かえってとんでもないヘマを演ずるものだという、これも格好の事例としてかたづければかたづけられないことはないだろう。

それにしても、朝井照三はなぜ辺見東作を殺害しなければならなかったのか。それにたいして朝井をさいしょから犯人と見ていた志村刑事はこういっている。

「それはもちろん、『支那扇の女』の偽作がばれることを恐れたんでしょう。それがばれると美奈子にたいするいっさいの悪だくみが露見し、それからひいて藤本恒子と女中を殺した事実も暴露するかもしれないじゃありませんか。ええ、あのふたりを殺したのも朝井ですよ。用心深い朝井はそのまえに、辺見を殺して偽画の秘密が露見するのを防ごうとしたんです。いまにきっとあの男の十七日と十九日の晩のアリバイを、完全に粉砕してみせますよ」

志村刑事は意気ごんで証拠固めに奔走《ほんそう》していたが……

九月にはいって美奈子はやっと退院を許されて、約二週間ぶりに自宅へかえってきた。その自宅には美奈子の実兄の本多勝喜という人物が、岡山から上京してきており、かれとしてはいちにちもはやく、美奈子を郷里へつれてかえりたかったのだが、そうもいきかねる事情もたくさんあった。

美奈子は良人の無罪を主張して譲らず、もしじぶんが犯人でないならば、おそらくちかごろこのへんを荒している怪盗のしわざであろうといいはるのだが、しかし、その怪盗が辺見東作を毒殺したのだろうとは、さすがに美奈子も主張しかねたようだ。

退院後も美奈子は寝たり起きたりの状態がつづき、ときおり夜中にとつぜん目をさまし、ものにおびえて泣きだすようなこともたびたびあり、兄の勝喜を心配させた。ああいう恐ろしい試練をへてきた美奈子とすれば、当然といえばいえるかもしれないけれど、すっかりやせて、やつれて、顔色なども、生きているものとは思えぬほど悪く、目ばかり大きくなって、ものにつかれたようにギラギラとがりきっていた。

小夜子はもちろんもうその家にはいなかった。彼女は朝井照三の姉のとつぎさきへひきとられているのだが、事件以来はげしいショックをうけて、寝たっきりだという。

それにしても、いかに小児麻痺《まひ》という身体障害者とはいえ、げんざいじぶんの寝ている部屋の隣り座敷で、ああいう惨劇が演じられたのを、朝までしらなかったとはどういうわけか。

事件の当初それが問題になったのだけれど、その疑問は彼女がかかっている主治医の証言によってまもなく氷解した。彼女が毎晩就寝以前に服用している薬のなかには、睡眠薬が調剤されていたのである。

こうして九月も下旬になって、朝井照三の起訴が必至という状態になったころ、緑ケ丘町の高級アパート、緑ケ丘荘へ金田一耕助を訪ねてきたものがある。八木夏彦だった。

夏彦はさすがに憂愁の色も濃く、

「金田一先生」

と、なにかを思いつめたような顔色で、

「先生のお考えはどうなんです。やっぱり照三君が犯人だと思ってらっしゃるんですか」

「さあね」

と、金田一耕助はぼんやりともじゃもじゃ頭をひっかきまわしながら、ことばをにごして、

「ぼくよりあなたのお考えはどうです。あなたはいとこ同士でもあり、小さいときから朝井君の性格はよくのみこんでいらっしゃるはずなんだが、こんどの一連の殺人事件、朝井君のしわざだとお思いになりますか」

「いいえ、ところが、先生、ぼくにはどうしても照さんが、こんなばかなことをしたとは思えないんです。警察の見込みでは姑と女中を殺して、その罪を美奈子さんにきせる。そして、美奈子さんを自殺に追いやることによって、あのひとの財産をじぶんのものにしようとたくらんだ……というのですが、いったい美奈子さんの財産がいくらあるとお思いですか」

「いくらぐらいあるんです？」

金田一耕助の質問ぶりにはどこか気のない調子があった。それくらいのこと、かれは

とっくにしっているのではないか。

「ぼく、さっき美奈子さんの兄さんの勝喜さんにあって、そこんところをただしてみたんです。勝喜さんのことばによると、あの家屋敷をひっくるめても、二千万円というところだそうです。ところが、先生」

夏彦はいくらか熱っぽい調子になって、

「二千万円といえば、なるほど一般庶民にとっては大きな金額です。しかし、これをもっとも有利な方法で預金しておいたとしても、年利回りせいぜい百六十万円というところじゃありませんか。ところが照さんの昨年度の所得は二百万円を越えておりますし、ことしの収入はもっと多いだろうとは、どの雑誌社でもいっています。じぶんの収入より少ない利回りをねらって、まかりまちがえば生命とふりかえになるような、そんなばかなまねをするはずがないじゃありませんか」

「照三君、なにか大きな借金だとか、ほかにまとまった金のいるような事情はありませんでしたか」

「借金はありません。だいいち借金なんかする男じゃありませんね。他人に負い目をもつようなことは絶対きらいな男ですから。それに婦人関係がいくらかあるようですが、それだって人を殺して妻の財産を当てにしなければならんような、そんな弱みをつくるような男じゃ絶対にありません。万事につけて抜け目のない、チャッカリとした男なんですから」

「しかし、ねえ、八木さん」

と、金田一耕助はなぐさめようもないという顔色で、

「それじゃ、照三君はなぜ『支那扇の女』の偽画をつくったりしたんでしょう。また、なぜ八木克子はほんとうは毒殺魔ではなく、かえってあわれな犠牲者であったということを、美奈子さんにおしえて、あのひとの心の負担を解消してあげなかったんでしょう。なぜ、『悪い種子』などという、美奈子さんにとっては見るに耐えないであろうような映画を見せたりしたんでしょう」

「それなんです、金田一先生」

と、夏彦はこの男としては珍しく熱っぽい調子になって、

「照三君はサディストなんです。あの男はひとをいじめ、苦しめるということに異常なまでに興味をもっているんです。このことはいつか田園調布のほうへご来訪をいただいたとき、よっぽど申し上げようかと思ったんですが、警部さんたちの誤解をまねいちゃ、かえってやぶへびだと思ってひかえたんですが、サディストといっても、あの男のサディストにはおのずからリミットがあるんです」

夏彦は幼時を追懐するような目つきになって、

「このあいだもお話ししましたが、あの男は幼時から秀才でした。それに反していたって迂愚《うぐ》であったわたしは、あの男にたいしてたえず劣等感になやまされていました。あの男はたくみにそこに乗じてきて、術策のかぎりをつくしてぼくをいじめるんです。た

とえばぼくが父にしられたくないようなへまをやったとする。そこへ乗じてきて、あの男が父とぼくとを離間しようとくわだてる。そのやりかたがじつに巧妙で陰険なんです。迂愚で、しかも小心者のぼくは煩悶懊悩《はんもんおうのう》の極をつくす。そういうぼくの煩悶懊悩ぶりを見ているのが、あの男にはこのうえもなく楽しみらしいんです。だが、ただそれだけじゃないんです。ぼくがもうどうにもならないギリギリの心境まで追いつめられたとき、あの男はてのひらを返すように態度をかえ、ぼくを救ってくれるんです。そして、あの男は嗤《わら》うんです。なんだい、夏ちゃん、こういう抜け道があるのに気がつかないなんて、きみもずいぶんぼんやりだなあと。……じつにぼくは幼時から、あの男に数限りなくいじめられました。しかし、いつだっていじめられっぱなしということはなかったんです。さいごのどたん場になると、きっと救ってくれました。あの男はそういう限界をわきまえたサディストなんです」

そのことは金田一耕助の調査にも出ていた。

朝井照三と辺見東作の関係がやっぱりそうだったらしい。細君と別れて以来、でたらめな生活を送っていた辺見はしばしば女でしくじった。そんな場合、朝井は辺見をいじめて、いじめて、いじめぬいたあげく、きれいにしりぬぐいをしてやっていたらしい。そういう意味で辺見は朝井に頭があがらず、また、多少マゾヒスト的傾向をもっていた辺見は、いっそう朝井に傾倒していたらしいという。

「だが……」

と、夏彦はことばをついで、

「こんな抽象的な話じゃなんですから、これをこんどの場合に当てはめて考えてみましょう。照さんは美奈子さんが八木克子事件の真相をしっていないのに乗じて、あのひとをいじめていじめていじめぬこうとした。あのひとの顔にそっくりの八木克子の偽画をつくったり、へんな映画を見せたりして……そして、さいごのギリギリの限界になって、いざ、どたん場というまぎわになって、美奈子さんに真相をうちあけ、彼女の心の負担を解いてやろうというつもりだったと思うんです。いや、むしろ、いざとなったら彼女のもっている宿業感から、解放できるという切札をもっていたからこそ、ああいういたずらを思いついたと思うんです。じっさい悪質といえば悪質ですが、照さんとしてはあくまでいたずらで、それ以上の意図はなかったと思うんです」

「なるほど」

金田一耕助はデスクのうえで組んでいる、両手の指の関節をポキポキ鳴らしながら、

「ところが、その悪戯の途中でああいう惨劇が起こってしまったが、それは照三君のあずかりしらぬところであるとおっしゃるんですね」

「はあ、ぼくにはそうとしか思えません」

「ところで、あなたのおっしゃるとおりだとすると、犯人はだれ……？」

「はあ……」

と、夏彦はちょっと躊躇《ちゅうちょ》したのちに、

「それはやっぱりあの晩、しのびこんだどろぼうのしわざじゃありませんか。じつはきのうも小夜子に会ってきたんですが……」

「小夜子さんがなにかいってきたか」

金田一耕助はあいかわらず気のない調子である。

「はあ、あの晩のことですがね、あの晩小夜子がじぶんの部屋へさがったのは十時ごろだったそうです」

「ああ、ちょっと……それまで小夜子さんはなにをしていたんですか」

「茶の間でテレビを見ていたそうです。おばさんや美奈子さんといっしょに」

「ああ、そう、それで小夜子さんを寝室へつれていったのは……？　あの子は車いすをじぶんで運転できるようですが……」

「あの晩は美奈子さんが寝室まで抱いていったそうですよ」

「ああ、そう、そこで薬をのんでねたんですね」

「はあ、それが十時ごろのことなんですね。ところが夜中にいちどあの子は目をさましたんだそうです。なんでも水洗便所を流す音で目がさめたらしいんですね。ところがかんじんのその時刻が小夜子にもはっきりわかっていない。あの惨劇のまえだったか、あとだったか……それがちょっとこの話の弱点なんですが……」

「ふむ、ふむ、それで……？」

「ところが、そのとき小夜子は庭をだれかが歩いているような気がしてならなかった。

そこでそっと窓から外をのぞいてみた。ちょうどさいわい、暑いので窓をしめずに……あの部屋、窓に鉄格子がはまっているので、窓をあけたまま寝ても不用心ではないわけです。……それで窓から外をのぞいてみたら、月の光で男のひとが歩いているうしろ姿が見えたが、それは絶対にパパではなかったといってるんです。その話、金田一先生はお聞きになっていらっしゃいませんか」

「いや、もちろんぼくも聞いておりますが、水洗便所を流す音で目がさめたというのは初耳でした。それで、小夜子さん、そのままま寝てしまったんでしたね」

「はあ、それがおかしいと思って、きのうそこんところをつっこんでたずねてみたんです。そしたら小夜子のいうのに、その男の姿を見て、こわくなって声を立てようと思ったとたん、また水洗便所を流す音が聞こえたんだそうです。ですから君やがまだ起きているんだ、そして、君やのところへだれか男のひとが遊びにきていたのではないか……そう思ったものだから、声を立てるのをひかえたといってるんです」

「小夜子さんはその男の顔は見なかったんですね」

「はあ。でも、パパより背も低かったし、やせっぽっちだったといっています。それに小夜子がいうのにパパならどんなに顔をかくしていても、からだつきだけですぐわかるというんですが、これは小夜子のいうのが正しいと思うんです。どんなに変装していてもからだつきまで変えるわけにはいきませんからね」

金田一耕助はなにか心がさわぐふぜいで、デスクのうえにあるじぶんの両手を見つめ

ていたが、

「ときに、美奈子さんはどうするつもりなんです。きょう会っていらしたというお話ですが、お兄さんとしては岡山へつれてかえりたいご意向なんだそうですね」

「いや、じつはここへくるまえ、ちょっと成城へよってきたんです。そしたら勝喜さんのいうのに、美奈子もいちおうここをひきはらうつもりになったんじゃないか。きょうそうとう多額の金を銀行からひきだしたようだからっていってましたが……」

「ああ、そう」

と、金田一耕助がぼんやり相づちをうったところへ、卓上電話のベルがけたたましく鳴りだした。金田一耕助は受話器をとって、ふたこと三こと話を聞いていたが、

「ああ、そう、わかった。それじゃ、なおいっそうの警戒をたのみます。いや、ぼくは当分ここで待機しているから、なにか変わったことがあったら電話で連絡してくれたまえ。きみはいつものところにいるんだね。よし、じゃまた」

あいてがいそがしそうなのを見て、夏彦が立ちあがろうとするのを、金田一耕助が呼びとめて、

「ときに本多家ですがね、あちらのほうでは八木克子が冤罪《えんざい》だったということをしらなかったんですか」

「いや、それはもちろんしってたそうですよ。しかし、この話は本多家でもタブーになっているので、美奈子さんは話の半分しかしらなかったんですね。だから、勝喜さんな

んかもこんなことなら、もっとはっきり話しておけばよかったと、だいぶん後悔してるようですが……」

「いや、ありがとうございました」

金田一耕助はただペコリと頭をさげただけだったが、それでも夏彦は、心がかるくなったような気がしたのか、緑ヶ丘荘を出るときは、足どりもいくらか軽快になっていたようだ。

急転直下

この事件が急転直下というか、疾風迅雷《しっぷうじんらい》的というか、あっというまに世にも意外な終結を見たのは、八木夏彦が金田一耕助を訪ねてきた日からかぞえて三日目、すなわち成城の朝井家であの血なまぐさい惨劇が演じられてから、ちょうどひと月たった九月二十日のことだった。

金田一耕助の要請でこの二、三日、いどころを明らかにし、一種の待機の姿勢にあった等々力警部は、警視庁の捜査一課、警部が担当している第五調室で、金田一耕助からの電話をうけとった。

時刻は九月二十日の午後八時半。

「ああ、金田一先生ですか。なにか……？　はあ、はあ、神宮外苑の絵画館まえへこれからすぐに……？　なにかあったんですか。それともこれからなにか起こるというんですか。……ああ、そう、承知しました。できるだけひとめにつかない服装で……？　ああ、そう、成城署の山川君も、武蔵野署の服部君もくる……？　それじゃ例の一件なんですね。いったいなにごとが起こるのかしりませんが、こちらからも新井君でもつれていきましょうか。ええ、なに？　ああ、そう、成城のほうから志村君がくるからいい……？　ああ、そう、それじゃこれからすぐに駆けつけましょう」

電話を切った等々力警部は、なんとなく口がかわいて、胸がはずむのをおぼえずにはいられなかった。

等々力警部のつもりでは、成城の二重殺人事件と、吉祥寺の挿絵画家殺人事件ならば、もうあらかたかたづいたも同様だった。あとはもう起訴に必要な証拠固めをやりさえすればいいのだった。だから、捜査本部もそろそろ解散してもいいくらいのつもりでいたところ、この二、三日、金田一耕助が急に動きだしたと思ったら、だしぬけにいまの電話なのである。

等々力警部が胸のはずむのをおぼえたのもむりではなかった。

金田一耕助の指令どおり、目立たぬように平服に着かえた等々力警部が、外苑の絵画館まえまでやってくると、スーッとそばへよってきた男があった。

「恐れいりますがたばこの火を……」

等々力警部は立ちどまって、カチッとライターを鳴らして火をさしつけると、

「どうも恐縮です」

と、あいてはたばこをくわえた口をライターのほうへもってきた。そのライターの火のまたたきで、あいての顔を見なおした等々力警部は、思わずおどろきの声を放つところを、やっと口のなかでかみころした。

この男は多門修といって、数犯の前科をもつ人物なのである。先年殺人事件にまきこまれて、あやうく犯人にしたてられるところを、金田一耕助の働きによって助かったことがある。それ以来、金田一耕助に心酔し、金田一耕助は金田一耕助で、この男をじぶんの仕事に利用しているといううわさを、等々力警部も耳にしたことがあったのだが。

……

「ここの道を左へまっすぐ、野球場を見ながら歩いていってください。途中で金田一先生がお待ちになっていらっしゃいます」

「ああ、そう」

「いや、どうも恐縮でした」

警部がライターを消すのを待って、多門修はかるく一礼すると、ピースの煙をはきながら、ぶらぶらとむこうへ歩きだした。前科数犯といってもまだ三十前後、アロハを着たからだはたくましく、ちょっと街のあんちゃんといった格好である。

多門修にわかれた等々力警部が、教えられた道を三百メートルほどいくと、とつぜん芝生のなかから出てきた男が、警部と肩をならべて歩きだした。まるでいままでいっしょだった道連れが、ほんのちょっとのま離れていたのが、またいっしょになったかのように。……

金田一耕助である。

しかし、こんやの金田一耕助は、かれの表看板であるところの、和服によれよれの袴《はかま》といういでたちではない。ギャバのズボンに濃い紺地の開襟《かいきん》シャツといういでたちは、どうみても貧弱なサラリーマンとしか見えず、なるほどこの男が洋服をきらうのもむりはないとうなずけた。

等々力警部はおかしさをかみころしたような顔色で、しかし、さすがに声は落として、

「金田一先生、いったいなにがはじまるんですか」

「なあに、捕物ですよ」

「捕物……？」

金田一耕助があまり平然といってのけたので、警部のほうがかえって目をみはって、

「いったい、なんの捕物……？」

「成城の二重殺人事件と、吉祥寺の挿絵画家殺しの……」

等々力警部はちょっと息をはずませたが、それ以上その問題を追究しようとはせず、

「ところで、ほかの連中は……？」

「それぞれ、所定の場所にいるそうです」

「そうですとおっしゃるのは……？」

「あなたいまお会いになったでしょう、多門修君に。……あの男が連絡係をつとめてくれています」

「なるほど、ところで、捕物は何時にはじまるんですか」

「十時」

と、金田一耕助は腕の夜光時計に目をやって、

「いま九時十五分ですね。それじゃあと四十五分、外苑の夜気を楽しむことにしようじゃありませんか」

あとはほとんど無言の散歩で、金田一耕助も語らねば、等々力警部もあえて聞こうとしなかった。それはかならずしもひとに聞かれることを恐れたがためではない。こんな場合、いくら聞いても口をわらない金田一耕助だということを、等々力警部もよくわきまえているからである。

警部はいちど山川警部補とすれちがった。山川警部補も平服で眼鏡をかけて変装していた。むろん三人とも口もきかず、山川警部補はふたりのそばを、いそがしそうに通りすぎていった。

等々力警部にとってはこの四十五分間ほど、じれったい、まだるっこしい時間はなかったであろう。それでも警部はよくそれに耐えしのんだ。

「金田一先生、あと五分です」

「わかってます。いま目的地へ接近しているところです」

「目的地というのは……？」

「野球場の裏っかわ。センター後方のスコアボードが、裏から見える地点ということになっております」

等々力警部は金田一耕助の横顔にちらと視線を走らせたが、そのまままた無言であいての歩調にあわせていた。金田一耕助はあわてずさわがず、あいかわらず外苑の夜気を楽しむ散歩者のごとき足どりである。

よほど自信があるらしいと、等々力警部は落ち着きはらったこのあいてを、このときほど憎いとも、たのもしいとも思ったことはなかったくらいである。

やがて、月をどこかにかくしているらしい鉛色のくもり空のなかに、巨大な神宮外苑スタジアムが、くっきりとそびえているのが眼前に迫ってきた。

ふたりはいつかこのスタジアムの影にはいって、円型になったその外壁に沿って歩いていた。ふたりの足どりがいつか忍び足になっていたことはいうまでもない。等々力警部は握りしめた両の拳《こぶし》が、ヌラヌラとぬれてくるのを意識していた。

十時二分前。

金田一耕助と等々力警部のふたりは、球場の外壁にぴったり背中をくっつけたまま、さいごのコーナーをまわろうとしていた。そのコーナーをまわると、目的の地点が目のまえに浮きあがってくるはずだった。

その瞬間、コーナーのむこうがわで、異様な男のおめき声が聞こえて、草を踏むいりみだれた足音が、静寂なあたりの空気をかきみだしたかと思うと、それにつづいて、カチッ！　カチッ！　と、鋭い金属性の音がしたのは、ピストルの引き金を引く音ではないか。

金田一耕助と等々力警部がおもわず立ちどまって顔見あわせているところへ、はっきり聞こえてきたのは、

「ひ、ひとごろ……」

それはのどのおくからしぼりだすような男の声だった。つづいてまた草を踏む音にまじって、木の枝が折れる音、つづいてドサリとなにかが倒れる音がした。

等々力警部はやにわにポケットからピストルをひきぬくと、金田一耕助の目のまえから脱兎《だっと》のようないきおいで走りだしたが、そのときコーナーのむこうがわから聞こえてきたのは、

「気をつけろ！　犯人はピストルをもってるぞォ！　消音ピストルをもってるぞォ！」

それは志村刑事の声らしかった。その声はスタンドのうえから聞こえるようである。

「オーケー、オーケー」

と、それに応じて怒号するのは成城署の山川警部補の声らしい。

「すてろ！　ピストルをすてろ！　きさまはもう、袋のなかのねずみだぞォ！」

「犯人はどこだ！　犯人はどこだ！」

等々力警部がさいごのコーナーをまわりながらわめいた。

そのうしろからくっついていく金田一耕助は、腹の底からつめたい戦慄がこみあげてくるのをおさえることができなかった。犯人がピストルを……それも消音ピストルをもっていようとは、金田一耕助もゆめにも思いよらぬことだったのだ。

さいごのコーナーをまわった金田一耕助の目にうつったのは、植え込みのなかに立っている黒い影である。大木の幹を楯《たて》にとって、そこから上半身のほんの一部分がのぞいているだけだし、暗い葉かげのなかにいるので、顔もかたちもよくわからないが、それが犯人であることだけはたしかなようだ。

「すてろ！　ピストルをすてろ！　すてぬと撃つぞォ！」

こちらのほうに背をむけて、おなじく大木を楯にとっているのは山川警部補である。ピストルをすてろという声が、外苑の薄闇《うすやみ》のなかに怒号したかと思うと、ズドンと一発、閃光《せんこう》が葉かげの闇をひきさいた。威嚇《いかく》射撃をしたのであろう。

「ああ、服部さん、服部さんですね」

おくればせにむこうから、草をけって駆けつけてきたのは、武蔵野署の服部警部補らしい。その服部警部補にむかって声をかける志村刑事は、いまスタンドのうえからたらした綱をつたっておりてくるところである。

「おお、志村君か、犯人は……？　犯人は……？」

「その木のむこうです。気をつけてください。犯人は消音ピストルをもっていますよ」

そのことばもおわらぬうちに、犯人のかくれている木かげから、さっと青白い閃光が

走ったかと思うと、

「うわっ！」

と叫んで、志村刑事が地上三メートルほどのたかさから、大きな音をたてて転落した。

「あっ！　志村君、だいじょうぶか」

等々力警部と金田一耕助は、そのときやっと山川警部補の背後に駆けよっていた。等々力警部が声をかけると、志村刑事はそれに答えるかのように、

「こん畜生！」

口のうちで歯ぎしりしながら、地上に倒れたままの姿勢で発砲した。と、同時にまた犯人のかくれている木かげから、青白い閃光がつっ走った。

「すてろ！　ピストルをすてろ！　すてぬと撃つぞォ」

むこうのほうから大声でわめいたのは服部警部補である。服部警部補はそのことばを実証するかのように、空にむかって発砲した。

腹背に敵をうけた犯人は楯にとっていた大木のかげをはなれて、小走りにつぎの大木の幹へと走った。レーンコートのようなものを着た、小柄で華奢《きゃしゃ》な男のようだ。犯人は芝生のうえをころげるように、木の幹から幹へとつたって逃げていく。

「警部さん！　金田一先生！」

と、山川警部補はギラギラと血走った目をあたりのほうへむけて、

「あそこに撃たれた男が倒れています。見てやってください。ぼくは犯人を追っていき

ます」

金田一耕助や等々力警部もさっきから、小さな灌木《かんぼく》のそばに倒れているひとの姿に気がついていた。しかし、そこはいままで犯人が楯にとっていた大木のすぐそばなので、あぶなくてちかよれなかったのだ。

山川警部補と志村刑事が犯人のあとを追っていくのを見送って、金田一耕助と等々力警部は、灌木のそばに倒れている男のそばへかけよった。男はまだ絶息しているのではないらしく、苦しそうなうめき声が虫の息のようにもれている。

等々力警部はそっとからだを抱きおこすと、懐中電燈の光をその顔にさしむけたが、その瞬間、警部のたくましい全身が大きなおどろきのためにけいれんした。

「こ、これは、瀬戸口じゃないか」

「警部さん、瀬戸口とおっしゃいますと……？」

「朝井の家のすぐ近所で歯科医をいとなんでいる男なんだ。そうだ、この男があの朝……先月の二十日の朝、木村巡査といっしょに、いちばんさいしょに現場へはいっていったのだ」

「警部さん、聞いてごらんなさい。この男がなぜここにいるのか……いったい、なにをしっているのか……」

金田一耕助はのどがひりつくような焦燥《しょうそう》に、全身をかきむしられるような思いであった。もし、ここでこの男が死んでしまったら……そして、犯人が逃走してしまったら、この事件は永久に解決されないかもしれないのだ。

瀕死《ひんし》の重傷者に世にも重大な告白をしいるということは、このうえもなく残酷なことだったかもしれない。しかし、さいわい瀬戸口歯科医としても、ひとことそれをいわなければ、死んでも死にきれなかったのであろう。

「おれは……おれは……この目で見たのだ」

等々力警部の激励と鞭撻《べんたつ》にこたえて、瀬戸口歯科医はきれぎれながらも口をひらいた。

「あいつが……あいつが素っ裸の全身に返り血を浴びて……その返り血を水洗便所で洗っているところを、おれは……おれはこの目で見たのだ。……」

「あいつとはだれだ！　あいつの名前をいいたまえ！」

等々力警部のことばは火を吹くようである。

「いま……いま、おれを撃った女……朝井美奈子……」

そこまでいって瀬戸口歯科医が、がっくり失神しかけるのを、必死となってゆさぶったのは金田一耕助である。残酷だとは思ったがやむをえなかった。

「瀬戸口さん、瀬戸口さん、それはいつのことなんです。時と場所をいってください」

失神しかけた瀬戸口歯科医は、その声にうっすらと目をみひらいて金田一耕助の顔を見た。にごったガラスのように光のない目が金田一耕助の顔をしばらく凝視していたが、それでもあいてがだれであるかわかったのか、かすかにのどをごろごろいわすと、

「き、金田一耕助……」

「そうです、そうです、金田一耕助です。瀬戸口さん、いってください。全裸の朝井美奈子が水洗便所で、全身の返り血を洗っているのを、あなたはいつ、どこで目撃なすったんです。時と場所を……時と場所を……」

「時は……時は八月二十日の午前二時ごろ……場所は……場所は……」

「場所は……？　場所は……？」

「成城の……成城の朝井照三の家……」

そこまでいって瀬戸口歯科医は、等々力警部の腕に抱かれたまま、がっくりと息がたえてしまったのである。

もし、このとき、金田一耕助と等々力警部が、瀬戸口歯科医の自供をあとまわしにして、すぐに救急車を呼んだとしても、おそらく命は助からなかったであろうというのが、ふたりのせめてものなぐさめであった。

瀬戸口歯科医はそのからだに三発の弾丸をぶちこまれていたのである。

火遊びの果て

瀬戸口歯科医が絶息したころ、男装の朝井美奈子もさいごの息をひきとっていた。

山川、服部両警部補と志村刑事の三人に、三方から追いつめられながらも、美奈子は絶望的な抵抗を断念しようとはしなかった。彼女はリスのように木の幹から木の幹へとつたいながら、すばやく弾丸をつめかえては、さいごのあがきを見せていた。それはもう手負い猪《じし》みたいなものである。あぶなくてそばへもちかよれたものではなかった。

そういう美奈子の命運がつきたのは、何本目かに駆けこんだ大木の下だった。そこでも彼女はめくらめっぽうに二、三発ぶっぱなしたが、さすがの手負い猪の美奈子にも頭のうえに目がなかったのはやむをえない。

だしぬけに頭上の枝からとびおりてきた男が、ピストルをもっている美奈子の右腕をねじあげると同時に、彼女のからだを芝生のうえにおしたおした。それを見てふたりの警部補とひとりの刑事が駆けよってきて、レーンコートを着た美奈子のからだをひきおこした。

それが女性であり、しかも美奈子であるとわかったときの一同のおどろきはいうまでもないが、それにもまして一同をおどろかせ、怒らせたのは、美奈子がすでに瀕死の状態だったことである。

「しまった！　しまった！」

と、じだんだをふむようにしてくやしがったのは、大木の枝にひそんでいた多門修である。

「右手をねじあげておしたおしたとき、こいつが左手を口へもっていくのに気がついたんだ。しかし、まさかこいつが毒薬を用意してるとは気がつかなかった」

こうして稀代《きだい》の悪女朝井美奈子は右手にピストル、左手に青酸加里を用意して、さいごの瞬間まで抵抗をこころみていたのだった。

朝井美奈子からその良人の朝井照三へ、そしてさらに朝井美奈子へと急転直下、みたびどんでん返しをうったこの事件ほど、当時世間をさわがせた事件はなかった。専門家のあいだでもおそらくこのような事件は、世界の犯罪史上にも類例がないであろうといわれている。

しかも、この事件がまがりなりにも解決したのは、瀬戸口歯科医というドン・キホーテが介在していたからである。もしこの現代の冒険家が、あの運命の夜梁上《りょうじょう》の君子《くんし》として、朝井家へしのびこんでいなかったら、金田一耕助といえども、事件の真相を究明するのは、むつかしかったのではないかと思われる。

ちかごろ成城をあらしまわっていた怪盗が、瀬戸口歯科医であったことは、かれの家を捜索することによってあきらかにされた。瀬戸口氏がそうとうはやる歯科医であったにもかかわらず、こういう冒険をあえてしなければならなかったのは、かれの乱れた婦人関係にあったらしい。

瀬戸口氏は自宅に内縁の妻をもっていたが、ほかにも三人の愛人をかこっており、したがって、夜中しばしば自宅をあけるのを、だれもあやしまなかったというが、内縁の妻はうすうす承知していたのではないかともいわれている。

「それにしても、金田一先生」

と、ポッツリと口を切ったのは等々力警部である。

もうカレンダーは十月を示しており、金田一耕助が居をかまえている緑ヶ丘町の高級アパート、緑ヶ丘荘の二階三号室の窓外にも秋の色がようやく深くなっていた。さすがきびしかったことしの残暑も、事件が解決されると同時に去った感じである。

「はあ……」

と、金田一耕助はアームチェアーに小さいからだを埋めたまま、緑ヶ丘荘の門内にそよいでいる、大きな芭蕉の葉に目をそそいでいた。その芭蕉の葉もようやくすがれて裂けはじめている。

「あなたはいつごろから美奈子に目をつけはじめたんですか」

「そうですねえ」

いつものことだが、事件が解決したあとの金田一耕助は、猫のように懶惰《らんだ》である。おそらくエネルギーをはげしく燃焼したあとの、倦怠感《けんたいかん》がかれの全身をくるむのであろう。

「いつごろからって、ぼくにも正確にはいえませんが、たぶん辺見東作君の死体が発見されたときからでしょうねえ」

「そうそう、そういえばあのときあなたは、なんとなく腑に落ちないような顔色をしていらっしゃいましたね」

「はあ、だって……」

と、金田一耕助はいかにものろのろとした口調で、

「あの事件が成城の二重殺人事件と関係があるらしいことは、だれの考えもおなじでしたねえ。とすると、犯人はやはり朝井照三であろうか。しかし、朝井には辺見を殺す動機はなさそうです。朝井は『支那扇の女』の絵が、偽画だったらしいということを、それとなくみとめているのですから、その偽画作家の口を封じておく必要もなさそうに思われたのです。もし、かりに一歩ゆずって……」

「もし、かりに一歩ゆずって……?」

等々力警部が切りこむようにあとをうながすと、

「はあ……」

と、金田一耕助はものうげに、頭のうえの雀の巣をひっかきまわしながら、

「もし、かりに一歩ゆずって、朝井が犯人だと考えてみましょう。そして、犯行の動機を、偽画の秘密が暴露することを恐れたのだとしてみましょう。しかし、それならもっと現場を、かきまわしていった跡があってしかるべきだと思ったのです。それがなかったところを見ると、朝井はあらかじめ辺見にいいふくめて、偽画の秘密に関する証拠を、いっさい破棄させておいたのだろうか……? だが、じっさいはそうじゃありませんでしたね。歴然とした証拠があの部屋から出てきたじゃありませんか。とすると、辺見を殺害した犯人の目的は、偽画の事実を隠蔽《いんぺい》することではなく、むしろ、それをはっきり証明したかったのではないか。ということは朝井のほかにも偽画の事実をしっているものがあり、しかも、そいつはじぶんが偽画の秘密をしっているということを、捜査当局

にしられたくなかった、それがために辺見の口を封じたのではないか……」

「金田一先生」

と、いまとなっても等々力警部は、おどろきの色を表明せずにはいられなかった。

「すると、美奈子は良人から見せられた絵が、辺見東作の製作による偽画だということを、しっていたとおっしゃるのですか」

「おそらくそうでしょう。いつか辺見から聞くチャンスがあったのじゃありませんか」

「なるほど」

と、等々力警部はうめくように、

「そして、そのことがわれわれにわかると、彼女の夢中遊行癖も作意によるものであることがわかる。……そこであの惨劇を演出するまえに、あらかじめ辺見の口を封じておいたんですね」

等々力警部はしばらく無言でいたのちに、だしぬけに乾いた笑い声をあげた。みずからあざけるような笑い声だった。

「われわれは今後、現場に遺留された証拠品を、あまり重大視しない習癖をつけなければいけませんね。美奈子のような奸智《かんち》にたけた犯人もいるのですから」

「チーズの歯型ですか」

と、金田一耕助はものうげな声で、

「もし、それがもちはこびにごく簡単な証拠だったら、いちおう検討する必要がありますね」

「それにしても、あの現場はじっさいうまくつくってありましたね。負け惜しみをいうのじゃないが……あれで、現場をひっかきまわしておいたら、金田一先生もあるいはだまされていたのかもしれないんですね」

金田一耕助はそれに答えず、ただ、渋い微笑でむくいただけだった。

「ところで、金田一先生」

と、等々力警部は身をのりだして、

「問題は動機ですね。これはあらゆるマスコミがいまいっせいに、ケンケンゴーゴーと論じあっていることですが、先生は美奈子の真の動機はなんだとお思いになりますか」

「これは、やはりある高名な心理学者が指摘していたとおり、良人のサディズムにたいする反逆と復讐《ふくしゅう》でしょう。これは本多家のひとびともいってることですが、美奈子はほんとうに八木克子事件の真相をしらなかった。事実の半分しかしっていなかった。それが彼女を神経質的にし、絶望的にしていた。その致命的な彼女の弱点につけこんで朝井照三がサディスト的快味をむさぼっていた。美奈子はおそらくギリギリの線まで追いつめられたところで、良人の欺瞞《ぎまん》に気がついた……」

「どうして、良人の欺瞞に気がついたんでしょう」

「それはおそらく『支那扇の女』の絵を見せられたときでしょう。なんぼなんでも話があまりうまくできすぎていますからね。そこで辺見を問いつめて良人の欺瞞に気がついた。その時分から美奈子は良人への反逆と復讐を練りはじめたのでしょう」

「だけど、朝井はそれに気がついていなかったのでしょうか。美奈子のしわざということに……」

「もちろん、気がついていたでしょう。チーズの歯型のこともありますからね。だけど、朝井にはそれがいえなかった。おそらくいいたくなかったのでしょう。朝井はただひとつ、あの晩、じぶんの宅へしのびこんだものがあるらしい、しかも、そいつはなにものもうばわずに立ち去っているというところに、希望をつないでいたのだと思います」

「そうそう、そういえばそのことをかなり執拗に強調していましたね」

金田一耕助はしばらく黙って、目のまえで裂けていく芭蕉の葉を見つめていたが、急にはげしく身ぶるいをすると、

「それにしても瀬戸口歯科医が、美奈子を恐喝しはじめたからよかったようなものの、もしそうでなかったら……朝井もこれにこりて、こんごは危険な火遊びはよすでしょうねえ」

「そうそう、恐喝といえば、美奈子が多額の金を銀行からひきだしたということは、多門修の報告でしられたとしても、あの晩、あそこで美奈子が恐喝者と会うということを、あなたはどうしてしっていられたんですか」

金田一耕助はのっそりといすから立ちあがると、窓のそばへ歩みよった。そして、よく晴れわたった空をあおぎながら、

「警部さん、ひとにはそれぞれ秘密というものがあります。ことに職業上の秘密というものがね」

等々力警部はクックッとのどのおくで笑うと、

「金田一先生の職業上の秘密というのは、前科者をつかって他人の電話をぬすみ聞きさせたり、あるいは無断でひとの家へしのびこませて、床下からそこの主人の動静をさぐらせたり、そういうこともふくめられているんですな」

「警部さんはそれを、危険な火遊びだとおっしゃりたいんでしょう」

「まあね」

等々力警部はあいまいにことばをにごすと、金田一耕助のそばへきてならんで立った。

そしてふたりとも無言のまま、ながいこと秋の空をながめていた。

女の決闘

舞台裏に誰かいる

一

ジェームス・ロビンソンさんのさよならパーティーの晩は、あいにくなことに大土砂降りになった。

それは夏から秋へと移り変わりつつある日本のこの季節としては、まったくやむを得ない天候の激変なのだが、人の好いロビンソンさんはすっかり恐縮して、土砂降りの雨のなかをおかしてパーティーの客が到着するたびに、辞をひくくして謝っていた。

ロビンソンさんはまるでこの悪天候がじぶんの過失か怠慢の結果でもあるかのように恐縮しているのである。お客さまのお召し物のぬれたのを気の毒がったり、どんなに窓をしめてもいくらか吹きこんでくる雨のしずくを気にしてぶつぶついったりする。

見るに見かねてとうとう木戸のおばあちゃまが笑いながら口を出した。

「いいじゃありませんか、ミスター・ロビンソン、この雨はあなたの責任じゃありませんのよ。むしろ責任は日本の気候風土にあるのですからそう気になさらないで」

「それに、ミセス・ロビンソン」

と、ロビンソンさんより十五以上も年齢の若いマーガレット・ロビンソン夫人をふりかえったのは、元海軍少佐の相本三郎《すぎもと》氏であった。

「今夜のお客さま、みなこの緑ヶ丘の住人ばかりなんでしょう」

「イエス、ミスター・スギモト」

と、顔にそばかすのある小娘のようにかわいいマーガレット夫人は、亜麻色の髪をゆすりながらこっくりうなずいて微笑した。

彼女も良人《おっと》があまり天候のことを気にするのを滑稽《こっけい》に思っていたにちがいない。マーガレット夫人は日本へきてからまだ三年にしかならない。したがって日本語はあまり達者ではなく、相本氏のいまのことばも英語であった。

「マギー、今夜のお客さま、何人くらいの予定？」

木戸のおばあちゃまも英語で尋ねた。それにたいしてマーガレット夫人が、

「三十人クライ。オバアチャマ」

と、かなり上手な日本語で答えたので、まわりにいた客たちはいっせいに微笑した。

「そう、それじゃもうほとんどお集まりだわね」

と、独り言をいいながら木戸のおばあちゃまは、サロンの中を目で勘定している。

ロビンソンさんはオクスフォード出身で、戦前小樽の高商で英語を教えていたことがある。

そのうちに日華事変がこじれて、英語排撃運動が強くなってきたのでいったんロンドンへかえったが、ロンドンにいてもおもしろくないのでオーストラリアへ渡った。そして、メルボルンの大学で助手かなんかしていたらしいが、戦後そこの大学から日本へ派遣されてきたのである。

専門の研究科目は日本の政治史、ことに維新以後の政治史と政治学だった。もちろん濠洲《ごうしゅう》から送金があるのだろうが、それではやっていけぬと見えて、私立大学で英語を教えるかたわら、自宅でも英語の個人教授をやっていた。また、ときたま本国や濠洲の新聞雑誌に原稿を送ったりしていたが、それはあまり売れないらしかった。

そういう調子だからこの人には白人の優越感というものがあまり見られず、むしろ日本人に対してへりくだっているようなところがみえ、それが緑ケ丘の住人たちに好感をもたれる原因のひとつだった。体格からいってもアングロ・サクソンとしては小さいほうで、がっちりとした骨組みはしているが、日本人の中肉中背というところだった。そういうところにもかれと付き合う日本人が、威圧を感じないですむ原因があった。

マーガレット夫人とは三年ほどまえロンドンへかえったとき結婚したので、新婚旅行かたがた日本へ再渡来すると、緑ケ丘にホームをもった。緑ケ丘にはそういうあまり経済状態の豊かでない外人に貸すために、マッチ箱のように小さい、しかし、ちょっとしゃれた借家が、そのころからちらほら建ちはじめていた。

日本へきたときマーガレット夫人はぜんぜん日本語ができなかった。それにもかかわらず彼女は本国にいたときだれかに聞いていたとみえ、日本の茶の湯や生け花に興味をもっていた。そこで緑ヶ丘に落ち着くと、つてをもとめて木戸のおばあちゃまのもとに弟子入りした。月謝の代わりにおばあちゃまの弟子たちに英語を教えるという約束だった。

ロビンソンさんとのあいだには、まだ子供ができていなかった。

ロビンソンさんはもっと長く日本に滞在できるつもりでいたらしい。ところが、どういう加減かきゅうに濠洲からの送金が断たれることになった。ロビンソンさんはかなりあわてて、手紙で折衝したりしていたようだが、けっきょく、これ以上の日本滞在はあきらめなければならなくなった。

したがってロビンソンさんの今度の帰国は、かれの知人たちにとってもかなり唐突だった。みんなこの夫妻を好いていたので、このきゅうな別れを残念がってそれぞれ餞別《せんべつ》をとどけたりした。

その答礼が今夜のこのさよならパーティーなのである。

むろん、マッチ箱のようなロビンソンさんの借家では、三十人はおろか十人のお客をするさえおぼつかない。そこですぐ近所に住む富裕なアメリカ人のバイヤーが、義侠《ぎきょう》的にじぶんの住居のサロンと三人のメードをひと晩だけ提供することになった。

その家は戦前この町に緑ヶ丘撮影所を建てて、戦後パージで追放されるまで社長におさまっていたM氏が、その全盛時代に建てたものだから、かなり豪奢《ごうしゃ》な建物である。

ロビンソンさんはいったんメルボルンへかえるが、そこで話をつけて英本国へかえりたいといっている。ロンドンへかえったら至急職を見つけなければならぬともいってい るが、そのわりにロビンソンさんにもマーガレット夫人にも暗い影が見られないのは、イギリスは日本ほど就職難ではないのかもしれない。

パーティーはスムーズに進行していた。カナッペが部屋のあちこちに出ていて、飲みたいひとはサロンのすみにできているホーム・バーへいって、じぶんで好きな酒をもらってくるのである。ご婦人たちはご婦人たちで、ソフトクリームやレモンスカッシュでのどをうるおす。

つまり、それはカクテル・パーティーとティー・パーティーのあいだくらいの会合で、飲んだり食ったりするよりも、おしゃべりをする会である。

ロビンソン夫妻のほかに外人が五人いるが、あとは全部日本人で、だれもとくべつに演説をぶったり、ことごとしい別れのあいさつをしたりしなかった。

二

「おや、……」

と、ただひとりとりのこされたようにサロンのすみで、黙々とたばこをくゆらしていた金田一耕助は、ふいとまゆをひそめるとふしぎそうにサロンのなかの顔から顔へと見まわした。

いままでなごやかに進行していたパーティーの空気が、とつぜん、なにかしらぎごちない抵抗にぶつかったかのように緊迫するのを感じたからである。そして、それがいま到着したばかりの若い婦人客に原因しているらしいと気がつくと、金田一耕助は興味深い目でその婦人を見守った。

その婦人はサロンの入り口に立ったとき、すばやい視線でたばこの煙にくもった部屋のなかを見まわした。それからあらためて、いくらかこわばった微笑でサロンのなかのだれかれにあいさつしていたが、そのとき、ロビンソン夫妻がだれかの注意でいそいでその婦人を迎えに立った。

「オオー、ミセス藤本……」

と、サロンの入り口でその婦人を迎えたとき、ロビンソンさんはなにげなくそう口をすべらせてから、はっと気がついたように、

「イヤ、失礼シマシタ、ミス河崎」

と、あわてて前言を訂正すると、

「コノ雨ノ中ヲ、ヨク、来テクダサイマシタ」

「あたしちっとも存じませんでしたのよ。こんどの御帰国のこと……」

と、その婦人はロビンソンさんと握手をすると、

「きょう奥さまからレター頂戴《ちょうだい》してびっくりしてしまいました。だってあんまりだしぬけですもの。ミセス・ロビンソン」

と、婦人はうつくしい視線をマーガレット夫人にむけると、

「どうしてもっとはやく知らせてくださらなかったの。あたしすっかり、あわててしまって。……」

と、英語と日本語のちゃんぽんでいった。

「レター……？」

と、ロビンソン夫人はちょっと当惑の色をおもてに走らせたが、すぐそれをもちまえのあどけない微笑のなかにもみ消すと、

「ゴメンナサイ」

つい忙しかったものだからというような意味のことばを、これまた英語と日本語をちゃんぽんにしてしゃべりながら、婦人の手をとってサロンのなかへはいってきた。

緑ケ丘にとってごく新しい住人である金田一耕助はこの婦人をしらなかったが、そうとうこの町で顔が売れているらしく、いっときの緊迫した空気がほぐれると、あちらからもこちらからも声がかかった。

婦人はそれらにたいしてウィットにとんだ応対をしながら、けっきょく、木戸のおばあちゃまのグループへはいっていった。年齢は三十前後だろう、名前を河崎泰子というらしく、ほっそりと姿のよい婦人で蒼白《そうはく》の顔に黒っぽいパーティードレスがよく似合っていた。

金田一耕助は最初彼女がこわばった表情をして、サロンの入り口に立っているのを見

たとき、なぜかしら妖精めいたものを感じた。しかも、その妖精にはどこか悲劇的なにおいがある。……

それにしても、あのいっしゅんの緊迫した空気はどういうのだろう。この婦人の出現は今夜のこのパーティーの雰囲気《ふんいき》に、なにか抵触《ていしょく》するものがあるのだろうか。

ロビンソンさんはさっきその婦人のことをミセス藤本と呼んでから、あわててミス河崎と訂正したが、するとこの婦人はいちど藤本なにがしの夫人だったのが、離婚でもしてもとの河崎姓にもどったのだろうか。

それからもうひとつ金田一耕助にとって腑《ふ》に落ちないのは、さっき河崎泰子が、きょう奥さまからレターを頂戴してびっくりした……というような意味のことばをもらしたとき、マーガレット夫人のおもてをかすめて消えたあの当惑の色である。

あれはいったいどういう意味なのだろうか。

「河崎さん、あんたいま大森のアパートなんだってね。どう住みぐあいは？」

と、もと海軍少佐の相本三郎氏も、いつのまにやら木戸のおばあちゃまのグループへはいっていた。

このひとのことは金田一耕助もよくしっている。

長くイギリスに駐在《ちゅうざい》していたとかで英語が達者だった。戦争前からこの緑ケ丘に家をもっていて、終戦後は自宅で英語の個人教授をやっている。教えかたが懇切丁寧《ていねい》なので弟子もそうとう多かった。その英語教授で生活を支えながら相本三郎氏はいま絵をかいている。油絵は海軍にいる時分から趣味としてたしなんでいたものだが、戦後はもっぱらそれに精進して、ちかごろでは画壇でもぼつぼつ名前をしられるようになっていた。英国流に身だしなみのよい、当今はやりのロマンスグレーである。

「それがねえ、先生、周囲がゴタゴタしてるもんだから、落ち着かなくて弱っておりますのよ。やっぱり緑ケ丘みたいによいところはないわねえ」

河崎泰子はものをいうとき、ちょっと長い首をかしげるくせがある。それがまた金田一耕助に妖精めいたものを思わせた。

「それじゃ、こっちへかえってきたらどうなの？」

と椙本氏がやさしく提案している。

「うっふっふ、だってねえ、おかしいわ」

「何もおかしいことないじゃないの」

と、中井夫人がわりこんだ。このひとはさる会社重役の奥さんだが、緑ケ丘でも有名な世話好きである。ぽっちゃりとふとった二重顎《にじゅうあご》の堂々たる押し出しだ。

「あなたのほうからそんなに遠慮することないと思うんだけどな」

「遠慮するわけじゃないんですけれど……」

「そんならなにも気に入っている緑ケ丘の居住権まで放棄することないでしょう。新憲法によってわれわれは居住の自由を認められているのよう。しっかりしなさいよ、あなた……」

「あっはっは、むずかしいことになってきたね」

相本氏はおだやかに微笑している。笑うと目じりにしわのできる温顔である。

中井夫人は一挙にこの問題を解決するつもりらしく、

「ちょいと、木戸のおばあちゃま」

と、外人相手に英語で話していた木戸未亡人を強引にこちらへふりむかせると、

「泰子さんが緑ヶ丘へかえってきたいんですって。おばあちゃまとこ、お部屋あいてるでしょ。泰子さんをおいてあげなさいよ」

「あら、そう、いつでも。……泰子さんがきてくれると、あたしのほうでもどんなに心丈夫かしれないんだけど」

木戸のおばあちゃままで通っているこのひとは、理学博士の未亡人で名前は郁子《いくこ》という。年齢はもうかれこれ七十だろうが背筋もしゃんとしていて、細づくりながらも筋肉質の頑健《がんけん》そうなからだをしている。

戦争中に死亡した木戸博士は、この未亡人にかなり多くの財産をのこしたが、戦後はおさだまりの斜陽族で、いまのこっている財産といえば家屋敷と、ときおりはいる亡夫の著書の印税だけになってしまった。長男を戦争でとられたのでその嫁を他へとつがせ、いまでは次男夫婦と長男次男の孫たちといっしょに暮らしている。

次男の収入だけではとてもやっていけるはずがないので、おばあちゃまはお茶とお花の師匠をはじめてよい弟子をたくさんもっているが、ちかごろはまたひとから勧められ

て道楽半分に人形つくりをはじめた。緑ケ丘の奥さん連中の中心的存在で、かなりひろいその家はご婦人連中のクラブみたいになっている。

「それそれ、おばあちゃまもああおっしゃる。いいからこちらへかえってらっしゃいよ。なにもそんなにびくつくことないじゃないの」

「なにもびくつくわけじゃないんだけど……」

と、泰子は鼻の頭にしわをよせてよわよわしい微笑を浮かべると、

「ときに、奥さま」

と、低い声でなにかいいかけたとき、メードが三人の男女を案内してサロンの入り口にあらわれた。

「藤本哲也《てつや》先生ご夫妻とお友達の井出清一さんがいらっしゃいました」

いっしゅんまたサロンのなかの空気がぎごちなく緊迫するのを感じて、金田一耕助はさぐるように泰子のほうをふりかえった。

河崎泰子は窓ガラスに吹きつける雨のしずくを見守りながら、青白い妖精のような顔をこわばらせている。……

三

いまはいってきた三人は緊迫したサロンの空気も、また河崎泰子なる婦人の存在にも

気がつかなかった。

「おそくなってすみません、ロビンソンさん、奥さん、ちょうど出かけようとするところへこの人がやってきたものだから」

と、藤本哲也はロビンソンさんの手を握りながら、

「紹介しましょう。作曲家の井出清一氏です。多美子の古いお友達。……追いかえすわけにもいかないので、いっしょに引っ張ってきたんです。よろしいでしょう」

藤本哲也はもうかなり酔っているらしく、明るく、元気で、上きげんだった。

「アア、コレハヨク来テクダサイマシタ」

ロビンソンさんはにこにこしながら井出清一と握手して、

「コチラ、ワタシノワイフ。マーガレット」

それからロビンソンさんはかわいい奥さんに、いまの藤本のことばを通訳した。

「奥さん、とつぜん招かれざる客が押しかけてきました。ご迷惑ではありませんか」

マーガレット夫人は良人から通訳されると、

「トンデモアリマセン」

と、日本語でいってそのあとにとてもうれしいという意味の英語を付け加えた。

多美子は良人が友人をロビンソン夫妻に紹介しているあいだに、サロンのなかを見まわして、顔見知りのだれかれにあいさつしていたが、その視線がむこうの窓のそばに立っている河崎泰子につきあたると、まるでなにかにたたかれたように二、三歩うしろへ

たじろいだ。

サロンにいたひとたちはこのいっしゅんを待ちかまえていたにちがいない。好奇心と緊張にかがやく目つきでふたりの女を見くらべている。緊迫した空気が重苦しくサロンのなかをおしつぶした。

河崎泰子は意味不明瞭《ふめいりよう》な微笑を浮かべて、多美子と多美子のそばにぽかんと立っているその良人の藤本哲也に会釈した。

いったん、うしろへたじろいだ多美子もその瞬間立ちなおった。いちど血の気がひいて真っ青になった顔に稲妻のようなものが走ったかと思うと、かあっと紅の色がさしてきて、瞳《ひとみ》が異様にキラキラ輝いた。それは野獣の目を思わせるような不敵でたくましい目つきだった。泰子のたゆとうような会釈にたいして、多美子は傲然《ごうぜん》たる会釈を返すとプイと顔をそむけてしまった。

だが、当惑したような顔をして立っているロビンソン夫妻の顔色に気がつくと、彼女は持ち前の美しい、あでやかな微笑をとりもどした。

「奥さま、今夜はご招待にあずかりましてありがとうございます。ほんとうにまもなくお別れかと思うと悲しくなります」

ロビンソンさんが多美子のことばをとりつぐと、ありがとう、でもまたきっと日本へくるつもりですから、そのときはなにとぞよろしくと、マーガレットは良人の通訳であいさつをかえした。

「ほんとうに。ミスター・ロビンソン、きっとまたいらっしゃいませよ。せっかくこうして隣り同士で仲よくしていただいたのに、あまりだしぬけであっけのうございますわ」

そのとき、派手なアロハを着た酔っ払いの小柄の日本人がよろよろしながら多美子のそばへちかづいてきた。

「奥さん、奥さん」

と、酔っ払いは酒くさい息を多美子の顔に吹っかけながら、

「そんな月並みなあいさつはいいかげんにして、はやくこちらへいらっしゃい。みんなあんたのくるのを待ってたんです」

「あら、安永さん」

と、多美子が笑いながら拒むのをその男はいやおうなしに手を引いて、外人の仲間のほうへ引っ張っていった。多美子は外人のあいだに人気があるらしい。

いま多美子を引っ張っていった男を金田一耕助もよくしっている。若いころアメリカの西部を三年ほど放浪したことのある金田一耕助は、そのころこの男に世話になったことがあった。名前をジャック安永といってハリウッドの映画で、日本人のコックなどを演じていた男である。

その後、日本の映画事業がさかんになってきたころ、某映画会社に迎えられて監督として帰朝してきたころが、おそらくこの男の人生における、もっとも得意な時代だった

ろう。

しかし、日本映画の監督としてのかれはあきらかに落第だった。なにしろ五つか六つのころ渡米したきり、いちども日本へかえったことのないかれは、およそ日本人としてのセンスに欠けていた。さすがに機械的な技術にはすぐれていたが、その演技指導はあまりにもバタくさかった。一本か二本つくったきりでかれは没落してしまった。

かれよりまえに帰国していた金田一耕助は、ジャックが帰朝したときその「出世」を祝うためにいちど会いにいったことがある。それきりで交際もとだえておたがいに音信も聞かなかった。ところがこんど金田一耕助が緑ケ丘に居をうつしてみると、そこにジャック安永がいたのである。ジャックはこんやこのサロンを提供してくれたバイヤーの家の元ガレージだったところに住んでいて、ガレージのドアに、

Jack Yasunaga

と、ペンキで書いた表札を打ちつけていた。現在何をして暮らしているのか耕助のほうから聞きもしなければ、ジャックのほうから語りもしなかった。外人相手の一種の便利屋みたいなことでもやっているのではあるまいか。

いずれにしても妻をもたず、風来坊みたいな生活は金田一耕助と五十歩百歩だが、この男にはどこかかえたいのしれぬところがあった。耕助をロビンソンさんに紹介したのもこの男である。

「金田一さん、金田一さん」

と、もうすっかり頭が銀色になっているくせに、真っ赤なアロハを着たジャックは、思いだしたように大きな声を張りあげた。酔っ払い特有のかんだかい声なので、サロンの客たちがいっせいにそちらをふりかえる。

「借りてきた猫《ねこ》みたいにそんなにすみっこにいないで、こっちへいらっしゃいよ。きれいな人を紹介するからさ」

金田一耕助はしかたなしに苦笑しながら立ちあがった。かれの姿はサロンのなかでも異彩をはなっている。さすがに今夜はもじゃもじゃ頭はなでつけているが、それでも油っ気はなかった。白絣《がすり》のうえに夏袴《ばかま》をつけて白の夏足袋をはいている。羽織も着ていたんだけれど、しめきったサロンのなかがあまり蒸し暑いので、むこうへ脱ぎすててきたのである。

「安永さん、なにか用……？」

「ああ、ご紹介しよう」

ジャックはぴょこんといすから立ちあがって、

「こちらむこうにいらっしゃる小説家の藤本哲也さんの奥さんで多美子さん、きれいでしょう。多美子さん、こちら金田一耕助先生、有名なプライヴェート・ディテクティヴすなわち私立探偵。ぼくのアメリカ時代の旧友でね、あっはっはー」

酔っ払いのジャックはしわだらけの顔をいっそうしわだらけにして意味もなく哄《こう》笑《しょう》した。だれもこの男の年齢をしっているものはない。いや、ジャックじしんじぶんの年齢をしっていないのである。戸籍などもどこにあるのかしらないといってうそぶいている。

私立探偵——と、聞いて多美子はまあと息をのみ、金田一耕助はサロンのなかの視線がいっしゅんじぶんに集中されるのを意識して、いささか照れて赤くなった。

四

いまやあきらかにサロンの客は三つのグループにわかれていた。第一が木戸のおばあちゃまを中心とするグループで、河崎泰子や相本三郎氏もそのグループに属しており、サロンのなかでもこのグループがいちばんにぎやかで、会話もいきいきしていた。

第二はジャック安永の属する外人のグループで、多美子はいやおうなしにこのグループへつれてこられたのだが、金田一耕助も彼女の英会話の達者なのには感心せずにはいられなかった。

これで見ると、さっきロビンソンさんの通訳で、マーガレット夫人にあいさつしていたのは、いちおう謙譲の美徳を発揮したのだろう。ジャックがさっききれいな人といったのはけっして誇張ではなかった。しかし、この女の美しさにはどこか物足らぬものがあった。つまり、あまり常識的すぎるのである。万人が美人とするであろうけれど、ただそれだけのものである。

むこうにいる河崎泰子の目立たないようでいて、つねにひとの関心の的となる美しさとおよそ対照的である。

さて、第三のグループの中心人物であるロビンソン夫妻は、いまやとても困った立場におかれていた。藤本哲也のふたりの妻――別れた妻とげんざいの妻とが、はからずもここで鉢合《はち》わせをしてしまったのである。しかも彼女たちは、あきらかにお互いを敵視している。主人役としてどちらに愛嬌《あいきょう》をふりまくわけにもいかなかった。

「マギー」

と、ロビンソンさんが小声で尋ねた。

「おまえ、ミス河崎に招待状を出したの？」

「ノー」

と、答えてマーガレットはとび色の目に不安そうな色を浮かべた。

「ジム、だれかがいたずらをしたのではないでしょうか」

「いたずらにしても罪ないたずらだよ。いったいだれが……」

「ジャックよ、きっと。あたしあの人大きらい」

そうはいうもののマーガレット夫人は、今夜ここで泰子にあえたことを喜んでいた。

藤本哲也の新しい妻多美子とは、まだ一年足らずのつきあいだが、泰子とは二年以上隣人としてつきあっていた。ロビンソンさんのマッチ箱みたいなかわいい借家は、流行作家藤本哲也のかなり豪勢な家のすぐ隣にあって、裏木戸から往来ができるようになっていた。泰子はマーガレット夫人のもとへ料理やケーキの作りかたを習いにきた。そのかわり泰子がマーガレット夫人に日本語をおしえた。

まもなくふたりはとても仲好しになり、マーガレットの懇請で彼女を木戸のおばあちゃまに紹介したのも泰子であった。

だから泰子が藤本に捨てられて家を出なければならなくなったとき、いちばん悲しんだのはマーガレット夫人だった。

とはいえ、彼女は当然多美子が出席するであろうこのパーティーへ、泰子を招待するほどデリカシーの欠けた女ではなかった。横浜から船の出るまでにはまだ一週間ほどあいだがある。そのあいだに泰子を訪ねていって、ゆっくり別れを惜しもうと思っていたのである。

では、いったいだれがじぶんの名をかたって泰子を今夜ここへ招きよせたのか……。

ジャック安永に多美子を拉《らっ》しさられたとき、藤本哲也はじぶんのとるべき行動に、いっしゅんぎごちないためらいを感じずにはいられなかった。多美子ほど英会話に自信のないかれは、外人のグループにはいることを好まなかった。

多美子はいま得意そうに外人相手に笑い興じている。それはそこにいる泰子にたいするひとつの示威運動なのだが、それにしてもそのそばに侍《じ》して、わかりもしない会話にうすら笑いを浮かべているお人好しの亭主の役回りは、藤本哲也のような見え坊にはとても勤まらなかった。それに別れた――じぶんの捨てた女房がそこにきているのだ。なにかいたわりのことばをかけてやるのは男として当然の役目ではないか。

藤本哲也はすばらしい美男子だった。身長は五尺八寸くらい、肉づきも身長に比例して均整がとれており、ほどよく日焼けした膚は香油を塗りこめたようになめらかで、どの点から見ても非のうちどころのない好男子だった。

それにかれは流行作家である。

緑ヶ丘に住むひとたちは泰子がこの男にあかれた原因を、彼女があまりにも家庭的だったからだと信じている。藤本哲也は流行作家であると同時にスポーツマンだったが、泰子にはその方面の素質が欠けており、彼女は良人といっしょに出歩くより、家で本でも読んでいるほうを好んだ。とうとう藤本哲也はじぶんの趣味にかなった女、多美子をさるゴルフ場で発見したのである。

彼女は富裕な貿易商の娘であった。そこにそうとうのゴタゴタがあったすえ、藤本はとうとうしがみついて離れようとしない泰子の手を、むざんに払いのけて多美子と結婚したのである。

「しばらく、どう、元気……？」

哲学者のようにパイプばかり吹かしている井出清一をひとりのこして、藤本はぶらぶらおばあちゃまのグループのほうへいった。

「しばらく、あなたもお元気で……」

泰子はまぶしそうな目をして笑った。

この女、じぶんと別れてからかえってきれいになったな……と、藤本にはそれが憎らしかった。

「新聞の広告でちょくちょくきみの名前を見るものだから、元気にやってるのだとは思っていたが……」

藤本と別れてから泰子は小さいひとたちのためにかわいい作品を書いているのである。

「ええ、まあね」

と、泰子が曖昧《あいまい》な微笑をもらしたとき、中井夫人がそばから口を出した。

「藤本さん、泰子さんこんど木戸のおばあちゃまのところへ、同居なさることになったんですけれどいいでしょう」

藤本はちょっとびっくりしたような顔をしたが、一同の視線がじぶんにあつまっているのに気がつくと、きゅうに血がほおにのぼった。

「ああ、それは……ええと……」

「いいわよ。あなた、それをとめる権利はあなたになくってよ」

いつのまにか多美子が藤本のそばにきて、あでやかに笑っていた。

「泰子さん、しばらく。お元気で……」

「ええ、ありがとう、あなたも……」

泰子は鼻の頭にしわをよせて、例によって妖精のような笑いかたをした。

「奥さん、こっちへ合流なさいよ。藤本さんも……」

と、世話好きな中井夫人はふたりの妻のあいだをとりもつつもりだった。少なくともどこかに流れているこのぎごちない空気を、とりのぞくべく努力するのがじぶんの義務であると考えていた。

「ええ、いいわ」

と、多美子も快活に応じて、

「井出さん、あなたもこちらへいらっしゃいよ。緑ケ丘のおれきれきに紹介するわ」

井出はあいかわらずパイプをくゆらしながら、のろのろとこちらのほうへやってきた。そうとう高名なこの作曲家は牡牛のように鈍重なところがあった。

ロビンソンさん夫妻はほっとしたように顔を見合わせた。これで万事うまくいくと、人のよいロビンソンさんは心の中で安堵《あんど》のため息をついたのである。

しかしマーガレット夫人はそうはいかなかった。名前をかたられただれでも感ずるような不快な心のしこりがそこにあって、良人のように手放しで安心するわけにはいかなかった。それにマーガレット夫人は藤本哲也をめぐるふたりの女の葛藤《かっとう》について、ひとのしらない秘密をしっているという精神上の重荷もあり、彼女はかえって落ち着きをうしなっていた。彼女としては泰子と多美子がよそよそしく、あくまでもべつべつのグループで一夜を過ごしてくれたほうがどんなに安心だったかしれないのである。

「どうしたの、マギー？」

妻の顔色が悪いのでロビンソンさんがそばへきて自国の言葉でひくくたずねた。

「おまえ、まだミス河崎とミセス多美子のことを苦にやんでいるの？」

「いいえ、べつに……」

と、マーガレット夫人は弱々しい微笑を良人にむけると、

「なんだかこの部屋蒸し暑くって……」

と、いかにも蒸し暑くて頭痛がするというふうにまゆ根にしわをよせてみせた。

じっさいサロンのなかは蒸し暑かったのである。窓をあけると土砂降りが吹きこんできてお客さまのお召し物を台なしにしはしないかと恐れられたので、息苦しくとも窓ガラスを開放するわけにはいかなかった。しかもぴったり窓をしめきっていても湿気は遠慮容赦《ようしゃ》もなく部屋のなかへ流れこんでくる。その湿気が三十人という人間の体温と息吹きにあたためられて、湿度がたかくなっているのであるからマーガレット夫人が頭痛を訴えたとしてもふしぎはない。

しかし、ロビンソンさんは夫婦であるから妻の顔色の悪さがしめきった窓のせいばかりでないことをよくしっている。

「マギー」

と、かれはやさしく妻の手をたたいて、

「パーティーはすぐおしまいになる。そしたらミス河崎とミセス藤本は微笑をかわしながらサヨナラと別れていく。万事はそれでおしまいだよ。なにもかもうまくいくから見ていてごらん」

「そうねえ」

と、マギーもじぶんの気持ちをひきたてて良人のほうへ微笑をむけた。

しかし、じっさいは必ずしもなにもかもうまくいかない場合もあるということがすぐそのあとでわかった。

ジャック安永の提案でダンスがはじまったのはそれからまもなくのことであった。座はそうとう乱れはじめていた。男はみんな酒がはいってふつうに話してもわかることを大声でわめいたりしていた。多美子も泰子も男たちからダンスに誘われたけれど、ふたりとも笑って応じなかった。

マーガレット夫人が気になるようにふたりのほうへ目をやったとき、泰子と多美子は仲よくならんでソフトクリームを食べていた。そばには相本三郎と井出清一がついていて、みんなでなにやらおもしろそうに笑い興じていた。多美子の良人の藤本哲也は中井夫人にひっぱり出されて迷惑そうにダンスのお相手をしていた。そのかっこうがおかしいとみんなで笑っているらしかった。

やっぱり良人のいうのが正しかったのである。なんにも起こりはしないのだ。日本人は性質が淡泊にできており、またあきらめもよい人種であるから、離婚したり再婚したりしたからといってそういちいちこだわってはいないのであろう。あのとおり仲よくソフトクリームをなめているではないか。

だが、そのとたんマーガレット夫人のまゆがつりあがり悲劇的な叫び声がそのくちびるから出ようとした。じっさいはホステスのたしなみとしてかろうじてその叫び声をおさえたのだけれど。マーガレット夫人が叫ぶかわりに泰子が悲鳴をあげていた。

一同がそのほうへふりかえったとき顔を蒼白にひきつらせた泰子の足もとに多美子が倒れていて、物すごい痙攣《けいれん》がよじれるように彼女のからだをねじまげていた。……

マギーだけが知っている

一

一瞬、凍りついたような沈黙がサロンのなかを支配した。だれもかれもあっけにとられたような顔をして多美子の狂態を見おろしている。

金田一耕助でさえもはじめのうちヒステリーの発作を考えていた。ヒステリーも猛烈な症状のやつになると、テンカンに似た発作を起こすばあいのあることを金田一耕助はしっていた。

おそらく良人の藤本哲也もおなじ考えかたをしたのであろう。

「多美子、多美子、どうしたんだ。こんなところでみっともない。起きないか。さっさと起きなさい」

と、多美子のそばに突っ立ったまま不きげんそうにしかりつけた。はたの手前もあったのかもしれないけれど、良人としてはひどく同情のない語気だった。

だが良人のことばも多美子の耳にはいったかどうかわからない。すさまじい痙攣が波動のように多美子の全身をゆすぶって、焼けつくような苦痛のうめきが食いしばった歯のあいだからもれてくる。

「河崎君」

と、藤本はギラギラするような視線を別れた妻にむけて、

「いったいどうしたというんだ。なにか多美子と口論でもしたの」

と、かみつきそうな語気である。

泰子はびっくりしたようにつぶらにみはった目を哲也にむけて、しばらくポカンとあいての顔を見つめていたが、きゅうに気がついたように、

「いいえ、あの、そんなこと……ふたりで仲よくソフトクリームを食べていたんです。そしたらとつぜん多美子さんがクリームをとりおとして……」

なるほどリノリュームの床のうえに、ソフトクリームがベシャッと落ちている。

金田一耕助がはっとしたとき、

「多美ちゃん、多美ちゃん、どうしたんだ。きみにも似合わない。しっかりしなきゃだめじゃないか」

と、作曲家の井出清一がひざまずいて、やおら多美子の上半身を抱きおこしたが、ひ

とめその顔を見たとたん金田一耕助はおもわずぎょっと息をのんだ。多美子の顔色は暗紫色にかわっていて、骨が折れたようにガックリ首がまがっている。

「あっ、ちょっと、失礼」

金田一耕助は袴《はかま》をさばいて井出のそばにひざまずくと、多美子の鼻を片手でつまんだ。多美子は苦しそうに首を左右にふりながら、それでもやっと口をひらいた。金田一耕助がのどのおくまで指をつっこむと、多美子はげえっと汚物を吐いた。

「だれか、医者を、大至急で……」

金田一耕助は、二度、三度、多美子に汚物を吐かせながら短く、鋭く、きれぎれに叫んだ。

言下にジャック安永がサロンをとびだそうとするうしろから、

「あの……木下先生なら一〇六八番ですから……」

と、木戸のおばあちゃまが注意しておいて、それから金田一耕助のそばへやってきた。

「あの、これ、なにかの中毒だとおっしゃるんでございますの」

「じゃないかと思います。とにかくそのソフトクリームをなにかにとっておいてください。それからこの婦人をどっかへ安静に寝かせておきたいんですが……」

さっきからどぎもを抜かれておろおろしていたロビンソンさんは、そのときやっとじぶんがこんやのパーティーの主人役だということを思いだした。この家の主人と英語でなにか話していたが、

「金田一センセイ、ソレデハ、コチラへ……」

「おい、藤本君、なにをぼんやりしているんだ。きみの細君じゃないか。足のほうをもちたまえ。ぼくが頭をかかえてやる」

中毒と聞いて藤本哲也は茫然《ぼうぜん》と立ちすくんでいたが、友人の井出清一にしかりつけられてあわてて多美子の両足をかかえた。

多美子は死んだようにぐったりしているが、それでもおりおり、ぎくっ、ぎくと痙攣している。藤本と井出が多美子をかかえて、この家の主人とロビンソンさんのあとについてサロンを出ていくのと入れちがいに、ジャック安永がかえってきた。

「木下先生はすぐくるそうだ。それから金田一さん、ついでに警察へも電話をかけておいたよ」

警察——と、聞いて一同のあいだにはまた新しいショックが起こった。

「警察ですって？」

と、中井夫人があえぐように金切り声を張りあげた。

「それじゃ、これ、だれかが藤本さんの奥さんに毒をのませた……つまり、毒殺事件だとおっしゃるんですの」

「いいや、奥さん、わたしがいうんじゃあない」

と、ジャック安永がおひゃらかすような調子で、

「金田一先生の顔色にそう書いてあるんでしてね。あっはっは」

こういう際としてジャック安永の笑いかたは不謹慎のそしりをまぬがれなかったが、そのことばを裏書きするように金田一耕助がソフトクリームと多美子の吐瀉《としゃ》した汚物を、べつべつの容器に採集しているのを見て、一同はまた新しい恐怖をおぼえた。

河崎泰子はよくその試練にたえていた。彼女はむろんサロンのひとたちの視線がさぐるようにそれとなく、じぶんに集中されているのを意識していた。しかし、毅然《きぜん》とした彼女の態度はくずれなかった。

まるで全身が凝結してしまったように立ちすくみながらも、彼女はあいかわらず妖精のような顔をして、リノリュームのうえの汚物のあとをながめている。相本三郎がそばへきてなにかいおうとするのを泰子は払いのけるような身振りでこばんだ。

マーガレット夫人が心配そうな顔色でとおくのほうからそういう泰子を見守っている。五分ほどして木下先生が駆けつけてきた。マーガレット夫人がすぐにそれを患者のところへ案内していった。ふたたびサロンのなかは凍りついたような沈黙のなかへ落ちこんでいく。みんな思い思いの姿勢でこの事件の意味を考えているのか、だれも口をきくものはない。

あいかわらず土砂降りの雨が降りつづいていて、おりおりパラパラと機関銃のような音をたてて雨のしずくが窓ガラスをうつ。しめきった部屋の蒸し暑さがいまさらのように一同ののどをしめあげる。ただひとりジャック安永だけがのんきそうに酒をのんでいるのが、ご婦人連中の目からは小憎らしかった。

ふたたび相本三郎が泰子のそばへきていすにかけるように注意し、木戸のおばあちゃまも小声でことばをそえた。

泰子はしかし無言のままつよく首を左右にふってそれをこばんだ。まるで多美子が倒れたときのままの姿勢でいるのがじぶんの義務だとでも考えているかのように。

金田一耕助はそれを興味深く見守っている。

およそ一年もたったかと思われるころ、木下先生がむつかしい顔をしてサロンのなかへはいってきた。この家の主人とロビンソン夫妻がいっしょだったが、藤本哲也と井出清一の姿は見えなかった。

「木下先生。いかがです。藤本さんの奥さまのご容態は……？」

中井夫人のことばはまるでつっかかるような調子である。

「どなたか吐瀉させたかたがあるそうですね。その処置がよかったようです。生命にかかわるようなことはありますまい」

「と、おっしゃいますと、やはりなにか毒でも……」

「ストリキニーネじゃないかと思うんですが……」

と、木下先生は息苦しそうにネクタイをなおしながら、

「しかも、ご主人の意見では自殺などゆめにも考えられぬということですから、当然、警察の調査が必要になってくるわけです」

「ああ、その警察ならさっき電話をかけておきましたよ。ああ。ちょうどやってきたよ

うだ」

そこまでが泰子のたえられる限界だったらしい。

「危い！」

と、叫んで椙本三郎と木戸のおばあちゃまが駆けよったとき、泰子はふたりの腕のなかにくずれるように倒れかかったが、それでもまだ、

「いいの、いいの、おばあちゃま。あたしにさわらないで。……ただちょっと休ませて……」

と、気丈なところを見せていた。

二

しかし、その夜の警察の取り調べではなんの結果もえられなかった。

捜査主任はずんぐりとしたガニ股《また》の満月のようにまんまるい顔をした島田警部補で、金田一耕助ともなじみの間柄だった。金田一耕助はかつてこの緑ケ丘で起こった事件を二度解決しており、この際いつも行動をともにしたのが島田警部補だった。

島田警部補はそこに金田一耕助がいあわせたことを大いによろこんだ。耕助からだいたいの事情を聞きとるとさてあらためて関係者らの聞きとりだが、こういうばあい島田警部補の人柄が大いに役に立った。島田警部補は羊のようにやさしい目をしており、お

だやかな口のききかたなども警察官というよりはどこか大店《おおだな》の番頭かマネジャーのような如才なさだった。それに警部補じしん大いに心をくばっているのである。なにしろここには緑ケ丘のおれきれきが集まっているのだから。

「はあ、あのソフトクリームでしたら……」

と、島田警部補の質問に答えて、泰子がひくいながらもしっかりと落ち着いた話しぶりだった。

「多美子さんがご主人の藤本さんにお頼みになったのでした。そこで藤本さんがあそこ……バーテンへいってもらってきてくださいましたの。藤本さんは気をきかせてあたしにももらってきてくだすったのです。それで多美子さんとふたりならんでこのソファに腰をおろして……」

「ああ、ちょっと」

と、島田警部補がことばをはさんで、

「そのソフトクリームは藤本さんから直接奥さん……つまり被害者が受け取ったんですか」

泰子はちょっとびっくりしたような顔をして警部補の顔を見なおしたが、青白んだほおにきゅうにさっと血の気がはしった。

「いえ、あの、そうおっしゃれば、あたしが藤本さんから受け取って多美子さんにおわたししたんです」

「ああ、そう、それから……」

「それからふたりでいただいているうちに、とつぜん、多美子さんの手からソフトクリームがすべり落ちたんです。あたしがびっくりしてふりかえると、多美子さんはおそろしくひきつった顔をしていました。そしてあたしがなにかことばをかけようと思うまもなく、ソファからすっくと立ちあがったかと思うと、朽ち木を倒すようにどさりと床に倒れて……それからあとのことはみなさまもよくご存じのはずでございます。あたし思わずなにか叫んだようでございますから」

「そうすると、こういうことになるんですね。藤本さんのご主人が奥さんのご注文でむこうからソフトクリームをふたつもらってきた。それをあなたが受け取って藤本さんの奥さんにおわたしした。……ところで、どうして藤本さんは直接奥さんにおわたししなかったんでしょう」

「ちょうどそういう位置になっていたんです。藤本さんはこのテーブル越しにさしだしたんですが、あたしのほうがちかくにいたものですから……それにちょうどそのとき中井さんの奥さまが藤本さんをダンスに誘いにこられたものですから……」

と、泰子は立ってそのときの三人のしめていた場所を示した。

「そうすると、そのとき三人のそばにいられたのは……?」

「さあ。……」

と、泰子は首をかしげて、

「このソファにはあたしと多美子さんのふたりだけでした。すぐそこに木戸のおばあちゃま。中井さんの奥さまは藤本さんのうしろに立っていました。それから相本先生やなんかが話していらっしゃいましたが……」

泰子は相本三郎に英語を習っていたことがあるので先生と呼ぶのである。

「それで藤本さんのご主人はソフトクリームをわたしてからどうしました」

「いいえ、つぎつぎにソフトクリームをふたつあたしに手渡しするとそのまま中井さんの奥さまにひっぱられてダンスのほうへいらっしゃいました」

「藤本さんのご主人がソフトクリームをわたすとき、井出さんというひともそばにいられたんですか」

「はあ」

「たいへん失礼な質問ですが、あなた一年ほどまえまで藤本さんとごいっしょだったそうですね」

「はあ」

泰子は鼻の頭にしわをよせてたゆとうような微笑を浮かべると、

「捨てられたんですの、あのひとに……」

と、そういってから、むこうのほうから心配そうにこちらを見ているマーガレット夫人のほうへ、ちらりとすばやい視線を走らせるのを見て、金田一耕助はおやと心のなかで小首をかしげた。あの視線の意味はどういうのだろう。……

島田警部補はしかしそんなことには気がつかずに、

「いや、まことに失礼な質問ですが、わたしがお尋ねした理由というのは、それにもかかわらずあなたはご主人の友人の井出さんというひとをよくご存じないようなお口ぶりでしたから……」

「ああ、それ。あのかた多美子さんのお友達じゃないのでしょうか。なんだかそんなお話だったようですけれど……」

「ああ、なるほど。ところであなたもソフトクリームをおあがりになったんでしょうね」

「はあ」

「そのほうにはなんの異状もなかったわけですね」

「はあ、このとおりピンピンしておりますところを見ると……」

と、泰子はまたたゆとうような微笑を見せた。

彼女は警部補のいわんとしているところを察しており、あいてがはっきりそれをいえないのを気の毒に思っているのかもしれぬ。

だが、とうとう警部補がその問題にふれてきた。

「すると、藤本さんの奥さんのおあがりになったクリームだけに、ストリキニーネがはいっていたということになりますが、いったいだれのしわざだとお思いになりますか」

「そんなこと、あたしにはわかりませんわ」

泰子の眉間《みけん》にちょっと怒りの色が走った。

「いや、これはわたしの聞きかたが悪かった。問題のクリームにストリキニーネを投入するチャンスがあったのはだれとだれでしょうか」

「さあ、それは……」

と、泰子はまた妖精のように長い首をかしげて考えると、

「バーテンさんは問題外でしょうからそれをのぞくと藤本さんとあたしと……ああ、それから多美子さんと三人ということになりそうですわね」

「でも、藤本さんのご主人は自殺ということは考えられぬとおっしゃるんですが……」

「あのかたがそうおっしゃればそのとおりでございましょう」

「と、すると……？」

「3から1引く2残る。藤本さんかあたしということになるんですわね」

「藤本さんに奥さんを殺さねばならぬような動機が考えられますか」

泰子はちょっとためらいの色を見せたのち、

「さあ、そんなこと、とても……」

と、うちけしたものの一瞬のためらいの色はなぜだろうと金田一耕助は不審に思った。

「と、すると……？」

「2から1引く1残る。けっきょく、あたしということになるんでしょう」

「いや、ちょっと」

そのとき、金田一耕助がいちはやくことばをはさんで、

「こういうことは考えられませんか。藤本さんはあなたに毒をもろうとした。それがまちがって奥さんのほうへいったということは……？」

この考えは泰子にとって電撃的なショックだったらしい。それまではすばらしい自制心をもってじぶんをおさえていた泰子の態度や顔色がとつぜん大きくくずれて動揺した。彼女はまるでモンスターでも見るような目つきで金田一耕助の顔を見すえていたが、やがてさっと苦痛の色がおもてを走ったかと思うと、

「そんなことが……そんなことが……」

と、あえぐようにきれぎれに、

「どうしてですの。どうしてそんな恐ろしいことをおっしゃいますの。あたしはあのひとに捨てられたんですのよ。ええ、その当座は苦しみました。でも、いまはもうすっかりあきらめているんですのよ。あきらめて平静になっている女をどうしてあのひとが殺そうとするのでしょう。そんなこと絶対に、絶対に！」

だが、その絶対にということばは金田一耕助にいうよりはじぶんじしんにむかっていって聞かせているようにひびいた。

「しかし、そうするといよいよあなたごじしんが……」

と、島田警部補はあいての真意をはかりかねるようにまゆをひそめた。

「ええ、そう、あたしには動機らしいものがございますわね。あたしじしんさきほど申

し上げましたとおり、すっかりあきらめて平静になっておりますし、多美子さんにたいしても虚心坦懐《たんかい》な気持ちでいるんですが、世間の見る目はまたちがっているかもしれません。あたしそれを金田一先生があのひとののどに指をつっこみ汚物をお吐かせになった瞬間感じたのです。だからそのときからあたしこの場をうごきませんでした。またどなたにもそばへちかよっていただかないように努めました。さあどうぞご遠慮なくあたしのからだをお調べになって。……このいまわしい疑いをはらすためには、みなさまの面前で一糸まとわぬ素っ裸になってもいとわぬ覚悟であたしはいままでここに突っ立っていたのです」

「まあ、そんな……そんな……」

さすがにじぶんでじぶんがいとおしくなったのか、青白んだ泰子の目から涙があふれ落ちるのを見たとき、木戸のおばあちゃまも黙っていられなくなって、

「島田さん、ちょっとお尋ねいたしますが……」

と、切り口上であらたまった。

木戸のおばあちゃまは緑ケ丘の草分けだからあらゆる方面に顔がきいている。警部補なんか眼中になかった。

「はあ」

島田警部補はきたなとばかりに首をすくめながら、それでも羊のような目でにこにこ笑った。

「藤本さんの奥さんがストリキニーネをのまされたとしても、なにもソフトクリームのなかにはいっていたとはかぎらないと思うんですけれど。……あのひと洋酒もそうとうお強いとみえて、カクテルやなんかものんでいたようですよ」

「ところが奥さん、ストリキニーネというやつはのむと即座にききめがあらわれるという木下先生のご意見なのでして……」

「おばあちゃま、ありがとう、うれしいわ。でも、あたしはやっぱり身体検査をしていただきます」

「ああ、そう、それじゃあなただけじゃ不公平だわね。どう、みなさん、あたしたちも身体検査をしていただきましょうよ」

「ええ、もちろんですとも」

と、中井夫人も小山のようなひざをゆすりだして、

「そのかわり、藤本さんや藤本さんの奥さまもどうぞ。念のために申し上げておきますけれど」

こうして藤本夫妻もふくめてその晩そこにいあわせたひとびとは、全員警官からげんじゅうな身体検査をうけたが、その結果はゼロだった。またサロンのなかもくまなく捜査されたがストリキニーネの痕跡すらも発見できなかった。

その結果からふたつのことが考えられる。犯人は最小限度の必要量だけしかストリキニーネを用意していなかったのか、それとも毒が盛られてから身体検査がおこなわれる

までのあいだにこのサロンを出ていったもののなかに犯人がいるのか。……

もし、第二のばあいだとするとだれだれだろう。まず第一番にジャック安永が電話をかけにとびだした。それからこの家の主人とロビンソンさんに案内されて、多美子をかついだ藤本哲也と友人の井出清一。それからさいごにロビンソンさんの奥さんのマーガレットが木下先生を案内してサロンを出ている。このうちこの家の主人とロビンソン夫妻はオミットしてもよさそうだから、のこる三人の日本人、すなわちジャック安永と藤本哲也それから井出清一にしぼられるが、しかし、どのひとりに対しても決定的な動機や証拠は考えられなかった。

こうして、この事件は新局面の展開待ちという状態に膠着《こうちゃく》していった。

三

ロビンソン夫妻のさよならパーティーはこうして思いがけない事件のうちに幕をとじたが、せめてものなぐさめはこれが大きな悲劇にならずにおわったことである。犯人の投薬量に誤算があったのか、それとも金田一耕助の処置がよかったのか、多美子はいのちをとりとめてまもなく元気を回復した。

のちに警察がしらべたところでは、やはりストリキニーネはソフトクリームのなかから検出された。

しかし、多美子は自殺説にたいしては一言のもとに否定したし、それかといって泰子が投入したのではないかという疑問にたいしても、

「あのひとが手品使いででもないかぎり、そんなことぜったいに……」

と、これまた一笑に付してしまった。

しかし、この多美子のことばを子細に吟味してみると、ぜったいに泰子が投入したのではないと否定しているのではないことがわかるのである。手品使いででもないかぎり……と、いう条件がついているところをみると、手品使いのような早業を心得ているとすれば、泰子がやったのかもしれないという含みをのこしているのである。

しかし、泰子にそのようなかくし芸があるだろうか。警察がしらべたところでは、どうもその可能性はうすそうだった。

それはさておき、一時は出発を延期しなければならないのではないかとあやぶまれたロビンソンさん夫妻も、警察の好意あるはからいで、予定どおりそれから一週間ほどのちに、横浜から出帆する汽船で帰国の途についた。横浜の波止場まで木戸のおばあちゃまとその一党が見送っていったが、そのなかには河崎泰子もまじっていた。

どんなばあいでも別れというものはつらいものである。ましてや生涯二度とあえるかどうかというこの袂別《べいべつ》には、情にこわいといわれるイギリス人のロビンソンさん夫妻も泣いたのである。わけても仲よしの泰子とマギーは手をとりあってさんざん泣いた。

マギーはいまわしい疑いをうけているこの友達の身の上を思って泣き、泰子は泰子で

良人の就職さえきまっておらぬこの若い妻の未来を思いやって泣いたのである。ロビンソンさんまで目頭を赤くしていた。

だが、ここで泰子がふたたび木戸のおばあちゃまとその一党に会合したところから、またこのあいだの話がむしかえされた。

「とにかくうちへいらっしゃい。大森みたいなところにいるとかえって逃げかくれしているようでおかしいじゃない」

「そうよ、そうよ、おばあちゃまもおっしゃるとおりよ。それにおばあちゃまのおうちと藤本さんとこでは線路の北と南だし。そうとうはなれているんだもの、顔をあわせたくないと思えばあわせなくともすむでしょう」

「そうねえ。それじゃ、おばあちゃまのご好意にあまえようかしら」

「じゃ、そういうことにきめておきなさい。おくの離れの部屋、あしたまでに明けておいてあげる」

木戸のおばあちゃまは断乎《だんこ》としていった。

こうして泰子はわずかな荷物をもってその翌日、木戸のおばあちゃまのおうちへひっこしてきた。

四

「金田一さん、ビッグニュースがあるんですぜ」

アメリカ人のバイヤーのうちのガレージを借りて住んでいるジャック安永が、おりから訪ねてきた金田一耕助にむかって、目玉をくりくりさせたのは、もう十二月もおしせまったころのことだった。

「ほほう、ビッグニュースって」

「ほら、『九月十三日の朝の料理屋』ってアメリカのミュージカルがあるでしょう」

「そうそう、ちかく日米合作で映画にするという」

「ええ、それ、こんどそれへ出ることに話がきまったんです。それにもう一本いま話があるんですが、たぶんそれもきまるでしょう」

「ああ、それは……おめでとう」

金田一耕助はながらく不遇でいたこの友達のために、心の底から祝福を送った。

「それでいつ出発」

「クリスマスをすませて羽田から立ちます。ところがそれについてここの主人がクリスマスをかねてお祝いのパーティーを開いてくれようというんです。金田一さんあんたも出席してくれるでしょう」

「それはもちろん」

「ところがねえ、ここの主人、面白い考えをもってるんですよ」

「おもしろい考えって？」

「いつかのロビンソン夫妻のさよならパーティーに出席したひとたちですね、それを全部呼びたいというんです」

「それは……」

と、金田一耕助は思わず息をのんだ。

「つまりあんなことでパーティーがくずれたのがいまいましいんですね。それでやりなおしだっていうんだね。とにかく、わたしが責任をもってあの晩の連中を全部かきあつめるつもりでさあ。さいわい、藤本の先《せん》のかみさんもこの町へかえってきてる……」

ジャック安永はいたずらっぽい目をしてにやにや笑った。

ジャック安永の奔走が功を奏したのか、クリスマス・イブにひらかれたジャック安永のお祝いパーティーには、このあいだの会の出席者のほとんどが出席していた。みんなといわずにほとんどといったのはかんじんの多美子がかけていたからである。

「いや、どうも。なにしろ悪性の風邪をひいてるものですからね。安永さんには申し訳ないが、こんやだけはかんべんしてほしいといってるんです」

と、良人の哲也がジャックにあいさつしたのち、

「河崎君、こっちへきてるんだってね。たまにはうちへもあそびにきたまえよ」

と、泰子にむかってそらぞらしいお世辞をつかった。

「ええ、ありがと」

泰子は例によって鼻の頭にしわをよせて妖精めいた微笑を浮かべている。だれの目にもふたりの距離はこのあいだよりいっそうひろがったようにみえた。

「それはそうと藤本さん、あなたちかごろちっともお書きになりませんね。こんどの奥さんと結婚なすってから一作も発表なさらないんじゃない」

「なあに。いま大作を準備してるんですが、なにかと気が散ることが多くてね」

「それもそうでしょうがあんまり怠けちゃいけないわ。休筆してるとだんだん書きにくくなるっていうじゃない」

と、世話好きの中井夫人が心配している。

「そうもいいますけど、なあにだいじょうぶですよ」

妻の多美子がいないせいか哲也はなぜか元気がなかった。友達の井出清一もとかく考えこみがちだった。

ただひとりそのなかにあってはしゃぎまわっているのはジャック安永で、かれはだれかれなしに酒をすすめては、みずからも浴びるようにのんでいた。

けっきょく、いちばんそのお相手を申しつけられたのが金田一耕助で、すっかりメイテイしてしまったかれは河崎泰子がいつかえりじたくをして出ていったのかそれすらしらなかった。

その泰子がいったんここを出ていったのち、数分たってひきかえしてきたのはパーティーの席もすっかり乱れた十時ごろのことだった。

「き、金田一先生！」

と、オーヴァのえりをひきさかんばかりにかたく握りしめた泰子の顔は蠟《ろう》のように青ざめてかたくこわばっていた。

「あ、河崎さん、ど、どうかしたんですか」

「ちょ、ちょっときてください」

ただならぬ泰子の顔色に金田一耕助はぎょっとむねをつかれた思いで、あわててサロンからとびだした。

「どこ……どこですか」

「外……」

「外……？」

金田一耕助はあわてて玄関のげたをつっかけた。

「木戸のおばあちゃまたちは……？」

「あのひとたちはひとあしさきにおかえりになりましたの。あたしもそのときごいっしょしたかったんですけれど、ジャックさんにしつっこくひきとめられて……」

「ええ、ええ、それで……」

ふたりは小走りに走りながら呼吸をはずませている。冬の夜の空気が膚にきびしかった。

「それがさきほどやっと解放されて外へ出ると、藤本さんがあとからついてきてとちゅうまで送ってくってきかないんです」

金田一耕助ははっとして泰子の顔をふりかえった。

「はあ、はあ、それで……?」

「あたし困ったんですけれどついてくるもののしかたがございませんわね。ですからあたし、あいてがなにを話しかけてもいっさい口をきかないつもりでただ歩いていたんです。ところが……」

と、泰子が嗚咽《おえつ》するように絶句したので、

「ところが……?」

と、金田一耕助が注意深くあとをうながした。

「はあ、ところがあそこまでくるときゅうに藤本さんが苦しみだして……」

と、泰子がおびえたように立ちどまったので金田一耕助がぎょっとして前方に瞳をすえると、街灯の灯のとどくかとどかぬかの境目の暗いところにだれか倒れているのが見える。金田一耕助が駆けよってみると藤本で、からだをえびのようにねじまげてもう完全に死んでいる。藤本のおもてには、断末魔の苦痛の表情がものすさまじくきざまれている。

ストリキニーネ!

と、金田一耕助が心のうちでつぶやきながらふりかえると、いつのまにちかづいてきたのか泰子が背後に立っていて、

「あたし、先生のまねをして吐かせようとしたんですけれどだめでした」

泰子は両手で顔をおおうと、しずかに、胸をえぐるような声を立ててすすり泣きはじめた。

「マギー……あなただけはしってるわね。あなただけが……」

金田一耕助がぎょっとして泰子のほうをふりあおいだが、彼女は耕助のほうへ背をむけていつまでもいつまでも泣きつづけていた。

第一回のくわだてには失敗したけれど、緑ケ丘にひそむ殺人鬼はとうとう第二回目のくわだてに成功したのである。

しかし、それにしてもいま泰子のもらしたことばはいったいなにを意味しているのか。いま濠洲にいるはずのマーガレット・ロビンソン夫人だけがなにをしっているというのであろう。

メルボルンからの手紙

一

殺風景な緑ヶ丘署の捜査係へ金田一耕助は例によって、二重回しの袖《そで》をひらひらさせながら飄々《ひょうひょう》と入ってくるのを見ると、島田警部補はデスクのうえに投げだしていたがに股の両脚を下におろして、

「どうでした。奴《やっこ》さん、首尾よくアメリカへずらかりましたかい」

と、いささか中っ腹らしい語気である。

「ええ、欣然《きんぜん》として手をふって立っていきましたよ。主任さんによろしくって」

「ばかにしてやあがら」

と、警部補は満月のような顔をしかめて鼻を鳴らした。

ゴタゴタとした部屋のなかにコの字型にデスクが五つ六つ。しかし、デスクのぬしはみな出払って正面の席に捜査主任の島田警部補がただひとり、にがりきった顔をしてのこっていた。

島田警部補がにがりきるのもむりはない。このまえはロビンソンさん夫妻のさよなら

パーティーの席のできごとだった。警部補は重大な証人としてもうしばらくロビンソンさん夫妻をひきとめておきたかったのである。しかし、旅券も交付されていた関係上出発を許可しないわけにはいかなかった。こんどはまたジャック安永の渡米送別会である。ジャックは撮影がおわると帰国することになってはいるが、捜査のいちばんたいせつな時期に、重大な証人がつぎからつぎへと日本をはなれていくのには、島田警部補も羊のようにやさしい目つきばかりはしておれなかった。

このまえはたとえ未遂におわったとはいえとにかく殺人をくわだてた人物があの席にいたことはたしかなのである。なぜロビンソンさん夫妻をひきとめてもっと徹底的に調査しなかったのか。あのとき調査を徹底させておけばこんどの殺人は起こらなかったのではないか。それにもかかわらずこんどもまた重大なひとりの証人を渡米させるとはなにごとだと、緑ケ丘の住人の非難がじぶんひとりに集中されているような一種の強迫観念におそわれて、島田警部補はにがりきらざるをえないのである。

しかし、ジャック安永にとってはこんどの映画に出るか出ないかはひとつの死活問題なのである。人権は尊重されなければならなかった。十二月二十六日、ジャック安永が羽田から欣然としてアメリカへ飛びたったと金田一耕助から聞かされて、島田警部補はいまいましそうにまゆをひそめずにいられなかった。

「金田一先生はほんとうにあの男をだいじょうぶだと思っているんですか」

「だいじょうぶですよ、主任さん」

と、金田一耕助はほかのデスクからいすをひとつもってくると二重回しのまま警部補のまえへ腰をおろして、

「あの男はバガボンドですけれど殺人淫楽者《いんらくしゃ》じゃない。……」

「しかし。……」

と、警部補がぐちをこぼしかけるのを、金田一耕助はなだめるように、

「まあ、まあ。……それにこんどの映画にでるということはあの男にとっては絶好のチャンスなんですよ。そのチャンスをつぶすようなばかなまねをやるはずがない」

「そういえばそうだが……」

このまえロビンソンさん夫婦が横浜から出帆したときもそうだったが、島田警部補はなにかたいせつなものをとりおとしたような気がしているのである。

「ところで、どうです。解剖の結果は……？」

「そうそう、やっぱりストリキニーネでしたよ」

「なににはいっていたんでしょう」

「さあ、それがよくわからないんですよ。アルコールをかなり多量にのんでいる。カナッペを食べている。サンドイッチがはいっている。まあ、それらのなかに混ぜてあったんでしょうな。そうそう、ちかごろはやりの肝臓の保健剤をのんでいたらしい」

「肝臓の保健剤……？」

と、金田一耕助はまゆをひそめて、

「しかし、被害者はそんなもの身につけていなかったじゃありませんか」

と、とがめるようにあいてを見る。

「だから、だれかにもらったんじゃありませんか。ちかごろは酒飲みのあいだではやたらにあれがはやってますからな。ここのオヤジなんかもあれの信者で、宴会の席などへいくとこれをのんどけと、むりやりにわれわれにのませますからね」

「被害者――藤本君の細君に旦那さんそんなものを愛用する習慣があったかどうか聞いてごらんになりましたか」

「いや、ところが解剖の結果がわかってからまだ会ってないんです。葬式でゴタゴタしてるようだから」

「ああ、きょうがお葬式でしたね」

と、金田一耕助はちょっと考えたが、

「ところで、河崎女史の容態はどうなんです。まだ質問にこたえられる状態にまで回復しないんですか」

「もうしばらくだというんです。回復したら病院から電話でしらせてくれることになってるんですがね」

河崎泰子はあのことのあった直後、極度の興奮からくる、ヒステリー性高熱でいま緑ケ丘病院に入院しているのである。

「マギーだけがしっている。……」

ヒステリーの発作におちいる直前に河崎泰子のもらしたことばの意味を、金田一耕助は一刻もはやく聞きただしてみたいと思っているのだが。……

「ねえ、金田一先生、こりゃやっぱりあの女がやったんじゃありませんか。さいしょは細君をやろうとして失敗した。それで二度めは亭主を殺した。いや、二度めも多美子がくるかと思って待っていたが、あいにく風邪でこれなかったので、かわりに亭主のほうをやっつけたと……だいたい、われわれの考えかたはこうなんですがね」

「つまり捨てられた恨み……と、いうわけですか」

金田一耕助はなんとなく気のないうけこたえである。

「ええ、そう。……」

島田警部補はまじまじとさぐるように相手の顔を見守っている。

そうでないといえる反証はどこにもなかった。しかし、それではあまり単純すぎる。なにもしいてものごとを複雑に考える必要はないが河崎泰子はそうとう聡明《そうめい》な女である。ちかごろ彼女が書いている小さいひとたちのための愛すべき作品から見てもそれはうなずける。じぶんを捨てた男と恋敵をやっつけるなら、もう少しじょうずな手段がありそうに思われてならない。そこに思いおよばぬ泰子だとは信じられぬ。とはいえ、ときどき利口な人間がばかなまねをするものだということを金田一耕助もしってはいるが。……

「ところで、藤本君はどうしたんでしょうねえ」

と、金田一耕助がボソリとつぶやいた。

「どうした……とは？」

「こんどの細君と結婚してから一篇も作品を発表していない。……」

「おおかた細君とあそびほうけて書けなかったんでしょうよ」

「しかしねえ、主任さん、現代はあわただしい時代なんですよ。ことにジャーナリズムは……一年も書かないと忘れられてしまう。藤本君はまだそれほどの大家じゃない。しかも、藤本君はかなり虚栄心の強い人物のように見受けられたが。……」

「しかし、それがなにかこの事件と……？　つまり、藤本君が書かないということと、こんどの事件となにか関係があると……？」

「いや、それはわたしにもわからんが。……」

と、金田一耕助がことばをにごしたとき、けたたましい卓上電話のベルが鳴りだした。

島田警部補は受話器をとって、ふたこと三こと応対をしていたが、やがてガチャリと受話器をおくと、

「金田一先生、河崎女史が訊問にこたえられる状態にまで回復したそうですよ」

会話の内容からそれと察して金田一耕助はすでにいすから立っていた。

二

真っ白なカバーのかかった夜具にくるまってベッドのうえに身をよこたえている河崎泰子は、吸血鬼に全身の血を吸いとられたむくろのように白くそそけだった顔をして、目のふちにくろずんだ隈《くま》がくっきりと浮かんでいる。たしかに五つぐらいは老けてみえて、金田一耕助のすがたをみてにっこり笑った笑顔にも無限の哀愁が秘められているようにに見える。ベッドのそばには木戸のおばあちゃまと中井夫人、それに英語の個人教授をしている元海軍少佐の椙本三郎氏がむつかしい顔をしてひかえているのをみて、島田警部補はちょっとぎごちないためらいみたいなものを感じた。

「できるだけ簡単に。……」

と、案内してきた緑ケ丘病院の佐々木先生ものどにからまる痰をきるような声を出して、

「あまりつっこんだ質問はこの際ちょっと。……」

「いいえ、先生、いいんですのよ」

と、泰子はまくらに頭をおいたまま弱々しい微笑を浮かべて、

「金田一先生、このあいだはすみませんでした。あたしもっと強くなけりゃあいけなかったんですのに……」

と、じぶんの弱さをあざけるようなその微笑に金田一耕助はまた妖精の謎を感じるのである。

「ええ、ちょっと……」

と、島田警部補は右手の小指で小鬢《こびん》をかきながら、

「みなさんにはこの場をはずしていただきたいのですが……」

島田警部補が恐縮そうにいったのにたいして、木戸のおばあちゃまと中井夫人は顔を見合わせただけでうごこうともしなかった。榾本三郎氏はその声もきこえなかったような顔色で泰子の横顔に見入っている。

「ええ、ちょっと。……まことにすみませんが……」

「いいえ、あたしはここにおりますよ」

と、木戸のおばあちゃまがすばやく警部補のことばをさえぎって、

「このひとには看護人が必要なのです。死んだひともだいじでしょうが、生きているひとのほうがもっとたいせつですからね」

榾本三郎氏が目じりにしわをきざんでにっこり笑った。

「あの、おばあちゃま、いいんですのよ。あたし……」

「あなたはだまっていらっしゃい。あなたは病人なんだから。……島田さんのご質問にたいしてただ、はあとかいいえとか答えてればいいんですよ」

「島田さん、あたしもここにいていいでしょう。あなたがこのひとをゴーモンにかける

ところをみていたいんですの」

中井夫人の痛烈な皮肉にさすが温厚な島田警部補も満面にさっと朱をさした。

「ゴーモン？」

「あら、ごめんなさい。いまのは失言。とりけします。しかしここにいることだけはとりけしませんよ」

中井夫人はボリュームのあるからだをどっしりとそこにすえて、なるほどこのひとをここから追い出すのはとてもむつかしそうに見えた。ロマンスグレーの相本三郎氏はただにこにこと笑っている。

「ええ……と、じゃ、それならよござんす」

と、島田警部補はあっさり前言を撤回して、

「河崎さん」

「はあ」

「だいたいのことは金田一先生から聞いてるんですが、あなたはどうして一昨夜、この奥さんたちといっしょにかえらなかったんですか」

「それはあたしからお話ししましょう」

と、木戸のおばあちゃまがそばからひきとって、

「このひとをおいてけぼりにするようにあたしが藤本さんから頼まれたんです」

まあ……と、いうような表情が泰子の顔色に浮かんだが、しかし、それはかくべつ大

きなおどろきを意味しているようでもなかった。そんなこともあろうかというような顔色である。

「あたし、あのひと虫が好きませんでした。むやみにウヌボレと虚栄心ばかりが強くて。それに……そんなことをあたしに頼むそのことじたいに嫌悪《けんお》を感じました。しかし、あたしはこのひとを信じていました。このひとはとても強いんです。弱々しそうにみえてとても芯《しん》の強いひとなんですの。ふたりきりで対決して恥をかくのは藤本さんだと思ったんです。だからあのひとのいうとおりにしたんです」

木戸のおばあちゃまはかすりの頭髪をひっつめに結って、彫りの深い大きな眼窩《がんか》のなかの黒い瞳を禿鷹《はげたか》のように光らせている。このおばあちゃまはいつも島田警部補にとって苦手だった。

「それで……？」

と、島田警部補は視線をベッドのうえのひとにもどして、

「あなたがかえろうとすると藤本君が送っていこうといってついてきたんですね」

「はあ」

「なにかいいましたか。つまり問題になるようなことを。……」

泰子はちょっとためらったのち、

「はあ」

と、口のうちで小さく答えた。

「どういうこと……？」

泰子はまたちょっとためらったのち、

「復縁してくれというようなことを……」

「復縁……？　もとのさやへおさまってくれということですか」

島田警部補の語調にはうたがわしそうなひびきがこもっている。敏感な泰子はすぐにそれを感じとって、

「はあ、でも、そんなこと。……あたしがいくらなんといってもムダですわね。死人に口なしといいますから。……」

泰子の表情のなかには憤慨《ふんがい》の色というよりはむしろ虚無にひとしいあきらめの色がただようている。

「いや、でも、参考のために聞かせてください。それであなたはなんと返事をしました」

「なんとも申しませんでした」

「どうして……？」

「口をきくのもいやだったんです」

「では、ひとことも口をきかなかったんですか」

「はあ、ひとことも。……いっしょに歩くのさえいやだったんです」

「でも、うわさによると去年あなたはあの男と別れるとき、ずいぶんダダをこねたとい

うじゃありませんか」

泰子はしばらく無言でいたのち、

「そんなご質問にお答えしなければならないのでしょうか。なるべくならばあの晩のことだけにしていただきたいのですけれど……」

島田警部補がはっとひるむのをみて楢本三郎氏が口もとにしぶい微笑を浮かべた。木戸のおばあちゃまと中井夫人は顔を見合わせてにやりと笑った。

「いや、どうも」

と、島田警部補は赤ん坊のような手でつるりと顔をなでおろすと、

「それで山下さんのまえ……つまりあの家のまえまでくると藤本君が苦しみだしたんですね」

「はあ。……」

「それで、あなたは金田一先生のまねをして吐かせようとしたとか。……」

「はあ、鼻をつまもうとしたんですが顔をふってつまませないんです。それであたしこんなことをしているよりは金田一先生にきていただいたほうがよいと思って。……」

「どうして大声で叫ぶとか、すぐそこの家のひとをたたき起こそうとかしなかったんですか」

「気がつきませんでした」

泰子は子どものようにあどけなくあっさりいった。これでは警部補も取りつく島もな

い。

「それではもうひとつお尋ねしますが……金田一先生の話によると、あなた、マギーだけがしってる……と、いうようなことをいったそうですが、それ、どういう意味？」

泰子の蒼白のおもてにそのときはじめてさっと血の気がはしった。例の妖精のような大きな瞳を金田一耕助のほうにむけると、

「先生、あたし、そんなこと申しましたか」

金田一耕助はやさしくほほえんでみせて、

「いいましたよ。あれ、どういう意味？」

泰子はちょっと考えたのち、

「もし、あたしがそんなことをいったとしたら、マギーならあたしがこんなこと……つまりひとさまに悪さをするような女じゃないということをしってる……と、こういう意味だったんでしょう。あたしたちとても仲よしでしたから。……」

大きく見開いた泰子の目がしっとりとぬれてくるのをみて、

「じゃ、これくらいで……」

と、佐々木先生があわてて島田警部補とベッドのあいだにわってはいった。

緑ケ丘署へかえってきた金田一耕助が新井刑事に聞いたところでは、藤本哲也には肝臓の保健薬をのむ習慣はもっていたが、それは自宅でのむのであってびんをもちあるくような習慣はなかったと妻の多美子が答えたそうである。そしてもし、そんな薬をのん

だ形跡があるのならばだれかにもらったのでしょうと付け加えたという。

その晩、金田一耕助はメルボルンのロビンソンさんあてに手紙を書いた。そして住所をアメリカ人のバイヤーに聞いて航空便で出した。

三

緑ヶ丘町の毒殺事件の調査はそのままデッドロックにのりあげてしまった。警察では河崎泰子に目をつけながらしかし彼女を逮捕するに足る物的証拠をつかむことができなかった。だれも彼女が毒をもるのをみたものはなかったし、彼女がストリキニーネを所有していたという確証もなかった。入手経路も不明だった。

彼女は三日のちに退院して木戸のおばあちゃまのうちの離れでひっそりとした正月をむかえた。彼女のもとへ毎日のように柑本三郎氏が訪問するといううわさがそろそろ町の話題にのぼりはじめた。柑本氏も終戦後妻にわかれたひとである。かれのまえの奥さんはたいそうな美人でいまは新興成金の細君におさまっているという。子供はなかった。

多美子のほうも忌中《きちゆう》の正月をひっそりむかえた。このほうへも作曲家の井出清一がしばしば訪れるということを聞いて金田一耕助はほほえんだ。どちらにも騎士がついているのである。

一月のおわりになってメルボルンのロビンソンさんからまちにまった航空便が金田一

耕助のもとへとどいた。金田一耕助もこの手紙にそうとうの期待をよせていたのだが、それがかくも爆弾的な暴露であろうとは夢にも思いよらなかった。金田一耕助はまったくおどろいてしまって、読みおわったのちしばらく息もつけなかったくらいである。

親愛なる金田一耕助様

あなたのお手紙はたいそうわれわれ夫婦をおどろかせました。マギーはミス河崎の身を案じて身も世もあらぬ想いに悩んでおります。わたしも同様であることは申しそえるまでもありません。

さて、くだくだしいまえおきは省略してさっそくご質問の本旨にお答えすることにいたします。

マギーだけがしっている。……と、お手紙でお示しのような場合ミス河崎が口走ったとすれば、それはつぎのような意味であろうとマギーは申しております。

世間ではミスター藤本がミス河崎を捨てたように誤解しているようですが、マギーのみるところではその反対であるように思われると彼女はいうのです。

ミス河崎はよほどまえからその良人をきらっていました。慎しみぶかい彼女はぜったいにそれをおもてにあらわすことを避けていましたが、隣人としてしたしくつきあっていたマギーだけがそれに気づいていたそうです。ではなぜミス河崎がその良人をきらっていたか。……

親愛なる金田一耕助様

他人の秘事にふれるということはまことに心苦しいことであるとマギーはなげきます。そしてわたしもマギーと同様の悩みをおぼえます。しかし、ことミス河崎の名誉、運命、生命に関するとあっては、この心苦しさ、悩みにもたえていかねばなりますまい。

マギーの説によると（これはわたしにとっても初耳でたいそうおどろいたのですが）ミスター藤本の名で発表されている作品はぜんぶミス河崎の代作であったそうです。すなわちミスター藤本は作家としてマヤカシモノであったようだとマギーはいうのです。マギーがどうして、またいつ、それに気がついたかということはあまり長くなるのでここには省略させていただきますが、このことに関するかぎり、マギーは神のみまえに宣誓してもよいと申しております。ミス河崎はこのことをぜったいに他言してくれるなとくれぐれもマギーに懇願したことがあったそうです。

したがってミスター藤本がミス河崎を捨てる理由はないように思われるとマギーはいうのです。いやいや、ミスター藤本はミス河崎を失ってはいちにちとして、作家としての名誉と生活をささえていくことはできないのです。しかも、別ればなしが起こったときの二人の言動にはたぶんにお芝居があったように思われるとマギーはいうのです。

マギーだけがしっている。……と、ミス河崎が口走ったのはすなわちそのことではないでしょうか。

なお、もうひとつ重大な事実をおつたえいたしましょう。このことは日本を去るまえに申しのこしておくべきであったのですが、つい言いそびれてきたことをかねてより心苦しく思っていたのです。

われわれ夫婦のさよならパーティーの晩におけるミス河崎は招かれざる客であったのです。わたしもマギーもミス河崎にあてて招待状は出しませんでした。マギーはあの日から出帆までのあいだの一日を、ミス河崎とふたりきりでゆっくり語りあいたいと思っていたのです。それにもかかわらずミス河崎の来訪を受けたときわれわれ夫婦はどんなにおどろいたことでしょう。

これを要するにだれかわれわれ夫婦の名前をかたって、ミス河崎をあのパーティーへおびきよせたものがあるにちがいありません。そして、その人物こそこんどの事件の計画者にちがいありません。もしミス河崎があの晩の招待状を保存しているならば、そこから手紙の筆者をつきとめていってください。

この手紙がはたしてあなたのご期待にそえたかどうかをおそれますが、マギーの知っている事実とは以上のことにつきると彼女は申しております。

なお、この手紙のはじめに申し上げたとおりマギーはひどく心をいためております。事件解決のさいはマギーのために一刻もはやく結果をおしらせくださるようおねがいいたします。

おわりにのぞんであなたならびにミス河崎の多幸ならんことをお祈りいたします。

メルボルンにて　J・ロビンソン

四

親愛なるJ・ロビンソン様

このあいだはさっそくのご返便まことにありがたく存じました。あなたのお手紙こそこの難解なる事件を解決するにもっとも貴重にして、かつ有効なるキーとなったことをあつく感謝いたします。

ミスター藤本はデクノボウであった。真実の作家はミス河崎であった。……というあなたのお手紙による啓示こそ、この事件の底にひそむ秘密をてらす大いなる光明でありました。

ここに事実をはじめからわかりやすく解明していってみましょう。

ミスター藤本も以前はそうとうの作家でありました。その当時、これもかなりの女流作家であったミス河崎はかれの才能を愛しました。いや、かれの才能を愛したつもりのミス河崎は真実はかれのたぐいまれなる美貌を愛したのです。いやいや、美貌だけならばあの聡明なるミス河崎がかれと結婚しようと思うほどかれを愛しはしなかったでしょう。あのたぐいまれなる美貌のなかにくるまれた才能と叡智《えいち》（じじつはそれは見かけだおしだったのですが）それを彼女は愛したのでしょう。

美貌と才能——ミス河崎はそのふたつをのぞんだのです。しかし、彼女のえたのはそのひとつだけでありました。美貌はあったが才能はなかった。あったとしてもそれはひじょうに稀薄なものでしかなかった。しかも、その稀薄な才能も彼女と結婚後急速に揮発してしまったのです。文壇にはときおりこうした現象が起こります。一作をもってたちまち文壇の寵児《ちょうじ》になりすましたが、悲しいかなあとがつづかない。……すなわちミスター藤本はそういう悲劇的な人物のひとりだったのです。

ミス河崎はいつか良人の代作をはじめました。ミスター藤本は妻の書いた原稿をいくらかじぶんの文体に訂正し、じぶんの筆跡で他の原稿紙に書きうつし藤本哲也の名をもって発表しました。そして大いに文名を博したのです。

かくて数年、——しかしこのような不自然な結合がいつまでもつづくものではありません。才能のない美貌、それがいかにむなしいものであるかということを、ミス河崎は数年にわたっていやというほど味わわなければならなかったのです。外側の美貌がきわだっているだけに内側の空虚の感じはよりいっそう深刻なものであったでしょう。

やがてついに破綻がきました。ミス河崎からミスター藤本にたいして別れ話がもちだされました。そこにはいろいろむつかしい問題や深刻な紛争があったことでしょう。しかし、二度と代作の筆をとらぬというミス河崎の固い決意をしると藤本哲也も別れ話に同意せざるをえなかったのです。妻が書いてくれないかぎりふたりの生活はささえていけないのだから。

そこでつぎのような条約がふたりのあいだに締結されました。

一、代作の秘密は絶対に他にもらさざること。

一、従来の作品の著作権は藤本哲也にあること。

一、自由になったミス河崎は絶対に大人の小説を書かないこと。

一、ふたりの破局については流行作家藤本哲也がその妻を捨てたるがごとく世間態をとりつくろうこと。

かくてミスター藤本はまた新しい餌の物色にとりかかりました。そしてその美貌のあみにかかったのがあわれなミセス多美子でした。むろん多美子もミスター藤本の美貌だけを愛したのではありません。かれの才能と名声をより以上に愛していたのです。表面的な夫婦間の葛藤ののち（じっさいはそんなものはなかったのだが）藤本哲也は河崎泰子を捨てて上島多美子と結婚しました。すなわち多美子はおのれをもって恋の勝利者とおもいあやまり、高い誇りに得意になっていたのです。

だが彼女の幸福は半年もつづきませんでした。やがて彼女は良人の正体を見破りました。美しい外貌につつまれたデクノボウ、中はガランドウの美しい容器、彼女の幻滅と憤り、それはどんなものだったでしょう。

さらに藤本哲也の名で発表された作品がそのじつじぶんの恋敵の手になるものであ

ることをしったとき、彼女の高い誇りは無残な屈辱の泥足に完膚《かんぷ》なきまでに踏みにじられてしまったのです。

それはそうでしょう。上島多美子のあこがれていた名声はそのじつ彼女の恋敵のものだったのですから。しかも彼女は藤本哲也と同時に作曲家井出清一からも求婚されていたのです。そしてこのほうは本物の玉でした。玉を捨てて瓦と結婚した多美子。……とりかえしのつかぬくやしさと屈辱……それが彼女を駆って殺人者にしたてたのです。

彼女はまずじぶんをあざむいたデクノボウの良人をこの世から抹殺《まっさつ》しようと決意しました。そのことは良人に復讐《ふくしゅう》すると同時にじぶんの名誉を救うことでもあったのです。彼女は絶対にデクノボウにあこがれたおろかな女であったと世間にしられたくなかったのです。そして藤本哲也殺しの罪をおなじくじぶんをあざむいた憎い恋敵におっかぶせようと計画したのです。

多美子はまずロビンソン夫人の名前をかたってミス河崎をロビンソン夫妻のサヨナラパーティーにおびきよせました。その手紙はタイプライターで打たれていたのでミス河崎もそれがにせ手紙であるとは気がつかなかったのです。

ミセス多美子は時期を見はからって少量のストリキニーネをのみました。それは致死量には足らずまただれかが応急手当てをしてくれるであろうことを計算のなかにいれていたのです。

彼女の計画は成功しました。だれかが藤本多美子謀殺をたくらんでいる。多美子殺しのもっとも強い動機をもっているものはミス河崎をおいてほかにない。しかもミス河崎はそのパーティーに来ているではないか、そして被害者のすぐそばにいたではないか。……

こうしてまんまとその夜の計画に成功したミセス多美子はクリスマス・イブのジャック安永の渡米送別会の席でついに目的を達したのです。

彼女の手段はいたって簡単なものでした。すなわちミスター藤本が常用している肝臓の保健薬の二錠に致死量のストリキニーネをつめこんで良人に渡しておきました。そしてパーティーの途中で人しれずのむようにとすすめたのです。第一の事件の場合とちがって第二の事件の場合にはストリキニーネをくるんだ外の衣が胃の中で溶けるあいだ薬の発効に時間がかかったのです。その時刻がミス河崎とふたりで暗い夜道を歩いていた時刻にまわりあわせたというのは、計画者にとっても思いもよらぬもうけものだったでしょう。

親愛なるJ・ロビンソン様　以上があなたのお手紙によって啓示されたキーよりたどりついた事件の真相であります。貴重なるご啓示をいただきありがとうございました。

かさねておん礼申し上げます。

なお、あわれなミセス多美子がこんどは十分に彼女の生命をうばうに足る量のストリキニーネをのんだということと、あなたの奥様の親友ミス河崎があなたの友人ミスター相本と結婚するといううわさがあることを付け加えてこの手紙をおわることにいたします。あなたがたご夫婦のご多幸ならんことを祈って。

金田一耕助拝

解説

中島河太郎

敗戦を契機として著者が論理とロマンを基調とする作風に転換し、日本の探偵小説界の動向に新しい路線を敷いたことはよく知られている。

その後十数年間、やつぎ早に長篇、中短篇を発表し、絢爛《けんらん》、巧緻《こうち》な佳作が相次いで読者を魅了せずにはおかなかった。三十五、六年には「白と黒」の連載だけ、三十七年には若干の短篇と「仮面舞踏会」に着手したが、それも翌年早々に中絶しており、さすがに先頭に立ち続けた疲労が現われたと見るひとがあるかもしれない。

だが、それは新作の側面からだけの観察で、実はその間も著者は決して筆を休めてはいなかった。著者の忠実な読者なら、「女王蜂」のヒロインの家庭教師が、ひまさえあれば毛糸を編んでおり、それが見事に小道具として生かされていたことを記憶しておられるだろう。この毛糸編みは戦時中からの著者の風変りな道楽であった。

その他の趣味といえば、テレビの野球観戦があげられるが、もう一つ旧稿の手入れがある。「人形佐七捕物帖」は主人公の違うものを、佐七に改めたのがずいぶんあるし、改稿された作品がおびただしい。探偵小説でも締切りにせかされて意に満たぬもの、枚数の充分でなかったものを、中篇に改めたものが多い。

これを著者の趣味に数えると叱られそうな気がするが、出版社からの依頼でなしに、自分の気の済むように書き改めるというのは、なかなか容易ではない。著者が齢古稀《よわいこき》をすぎながら、今なお新作に取り組んでおられるのは、この絶えざる筆の修練の賜物《たまもの》にもよると思われる。

「支那扇の女」もはじめ短篇として発表されたものを、長篇化したものである。短命に終ったが、筑摩書房から雑誌「太陽」が創刊されたのは昭和三十二年で、その十二月号に載った。長篇として書き下されたのは、三十五年七月である。

多少人物名は変えてあるが、設定はほぼ同じで、本篇の半ばくらいまでは短篇発表時の面影を残している。そして金田一のあざやかな指摘で、ぱっと幕が降りるのだが、本篇ではさらに複雑となり、動機も犯人も違ってきて、著者の小説作法を目《ま》のあたり見る思いである。

それはともかく、本篇の事件が起こるのは成城のお屋敷まちだが、ここは著者が疎開していた岡山から引揚げて以来住みついて、馴染深いところであった。明け方の朝靄《あさもや》のなかにパジャマ姿の女性が飛び出してきて、巡査のとめるのもきかず、電車に飛び込み自殺を敢行しようとする。どうやら防止したまではよかったが、彼女の家には二つの惨殺死体が転がっていたのだ。被害者はこの家の主人の先妻の母と女中で、飛び出した女性は後妻にあたり、主人の小説家はその夜は仕事場に泊ったと称している。

家のなかを調べて、金田一が気にしたのは、ベッド・ルームへ持ちこまれていた「明治大正犯罪史」という書物だった。この中に出てくる毒殺魔と呼ばれている八木克子が、彼女の大伯母にあたるので、自分の体内にも犯罪者の血が流れていると信じこみ、夢遊病にとりつかれたというのだ。

しかもこの克子の殺した良人の墓を一昨年あばいた折り、柩《ひつぎ》のなかから克子の肖像画が現われたが、それが彼女にそっくりだった。その画こそ表題に採《と》られた「支那扇の女」と呼ばれるもので、日本の洋画黎明《れいめい》期を飾るもっとも輝かしい傑作で、長くその所在不明を惜しまれていた作品である。この画は天才といわれた画家の作だが、彼こそは克子の邪恋の相手であった。

目の前の事件の関係者についていえば、ヒロインは犯罪者の血を引くという強迫観念と、夢中遊行癖から、自分の発作中の凶行だと信じて自殺をはかったのだが、彼女の夫にとっては克子に殺されようとした夫が大伯父に当るのだ。すなわち毒殺事件に関係した夫妻を、それぞれ大伯父、大伯母にもつもの同士が昭和になって結婚しているのだから、そこに因縁を覚えるより、なにか魂胆があったのではないかと疑惑の目が向けられるのは当然であろう。

このヒロインの夫は妻の内奥の恐怖を承知しているくせに、その原因となった書物を家に置きっぱなしにし、妻とそっくりの毒殺魔の肖像画を見せたりしているのだから、外部犯人侵入説をしゃべってみたところで、当局にとりあげられるはずがない。

著者は周到に過去の事件と現実の事件が、強い絆《きずな》で結ばれていることをほのめかして、この惨劇の背後に潜む陰湿な策謀を暗示している。しかも八木家の当主の語るのを聞けば、事件勃発の心理的要因となった古い書物の中身が、誤解と中傷に充ちたものだと、ヒロイン夫妻は知っていたはずだという。金田一と当局にとっては、まさに青天の霹靂《へきれき》に等しい教示であった。

問題の肖像画が墓の柩《ひつぎ》から発見され、しかもすぐさま処分されたというから、ますます疑いをもたれたが、それがきっかけとなって、第二の殺人が判明した。第一の事件で生き残った子供の記憶から、金田一の作戦の構想が練られ、外苑での終幕は意表をついて凄惨な様相を呈する。閑静な高級住宅地の未明に始まったこの事件は、対照的に激動の大団円を迎えるのだが、忌わしい伝承のために、かえって生涯の道を踏み迷わされた人びとに痛ましさを覚える。

この事件で金田一は個人的な助手として、多門修を起用している。数犯の前科をもっているが、先年殺人事件にまきこまれて、あやうく犯人に仕立てられるところを、金田一の働きにより助かった。以来、金田一に心酔し、そのためなら犬馬の労を惜しまない。この青年は「扉の影の女」の事件で一層活躍することになっている。

夢中遊行といえば、イギリスの古典的な探偵長篇「ムーン・ストーン」を思い出す。いまではほとんど振り向かれることのないトリックだが、著者はこの古臭くみえるタネを使って、作品の謎をいやが上にも難解にすることに成功している。

明治十五年と昭和三十二年との間に、七十年もの隔《へだ》たりがあるが、その隔たりを見えぬ血統でしかと結びつけ、再転三転する犯人の追求に興奮させられながら、考え抜かれた犯行計画の全貌に接して慄然《りつぜん》とさせられる。

当時金田一は緑ヶ丘町の高級アパート、緑ヶ丘荘に住んでいたが、「女の決闘」はそこへ移り住んでから間もなくぶつかった事件であった。

土地の住人のイギリス人夫妻が帰国するので、さよならパーティーが開かれ、金田一も出席した。参加者のなかに作家がいたが、彼の別れたばかりの妻と、新しく迎えた妻とが鉢合わせした。別れた妻には主人の覚えのない招待状が届いたらしい。

ところが席上で、後妻は毒物入りのソフトクリームにより、危く死にかけた。その隣りにいたのが先妻である。つぎに作家自身が毒殺され、疑惑は先妻に注がれるが、金田一が耳にとめていた一言が、謎を解くきっかけになった。

先妻と後妻の対立が表立った波瀾を起こさぬだけに、無気味さを感じさせるが、女性同士の嫉視《しっし》という狭い視野からだけではなく、プライドの問題まで掘りさげている人間観察と、遠い国との手紙のやり取りで事件を解きほぐした手腕は、なんといっても老巧である。

本書は、昭和五十年十月に小社より刊行した文庫を改版したものです。なお本文中には、毒殺狂、気ちがいといった、今日の人権擁護の見地に照らして使うべきではない語句や、殺人に関する記述に、遺伝と関連があるように描くなど、不適切と思われる表現があります。しかしながら、作品全体として差別を助長する意図はなく、執筆当時の時代背景や社会世相、また著者が故人であることを考慮の上、原文のままとしました。

（編集部）

支《し》那《な》扇《おうぎ》の女《おんな》

横《よこ》溝《みぞ》正《せい》史《し》

昭和50年 10月30日　初版発行
令和４年 １月25日　改版初版発行
令和６年 ９月20日　改版再版発行

発行者●山下直久

発行●株式会社KADOKAWA
〒102-8177　東京都千代田区富士見2-13-3
電話　0570-002-301（ナビダイヤル）

角川文庫 23007

印刷所●株式会社KADOKAWA
製本所●株式会社KADOKAWA

表紙画●和田三造

●お問い合わせ
https://www.kadokawa.co.jp/（「お問い合わせ」へお進みください）
※内容によっては、お答えできない場合があります。
※サポートは日本国内のみとさせていただきます。
※Japanese text only

ISBN 978-4-04-112350-8　C0193

◆◇◇

角川文庫発刊に際して

角川源義

第二次世界大戦の敗北は、軍事力の敗北であった以上に、私たちの若い文化力の敗退であった。私たちの文化が戦争に対して如何に無力であり、単なるあだ花に過ぎなかったかを、私たちは身を以て体験し痛感した。西洋近代文化の摂取にとって、明治以後八十年の歳月は決して短かすぎたとは言えない。にもかかわらず、近代文化の伝統を確立し、自由な批判と柔軟な良識に富む文化層として自らを形成することに私たちは失敗して来た。そしてこれは、各層への文化の普及滲透を任務とする出版人の責任でもあった。

一九四五年以来、私たちは再び振出しに戻り、第一歩から踏み出すことを余儀なくされた。これは大きな不幸ではあるが、反面、これまでの混沌・未熟・歪曲の中にあった我が国の文化に秩序と確たる基礎を齎らすためには絶好の機会でもある。角川書店は、このような祖国の文化的危機にあたり、微力をも顧みず再建の礎石たるべき抱負と決意とをもって出発したが、ここに創立以来の念願を果すべく角川文庫を発刊する。これまで刊行されたあらゆる全集叢書文庫類の長所と短所とを検討し、古今東西の不朽の典籍を、良心的編集のもとに、廉価に、そして書架にふさわしい美本として、多くのひとびとに提供しようとする。しかし私たちは徒らに百科全書的な知識のジレッタントを作ることを目的とせず、あくまで祖国の文化に秩序と再建への道を示し、この文庫を角川書店の栄ある事業として、今後永久に継続発展せしめ、学芸と教養との殿堂として大成せんことを期したい。多くの読書子の愛情ある忠言と支持とによって、この希望と抱負とを完遂せしめられんことを願う。

一九四九年五月三日

角川文庫ベストセラー

金田一耕助ファイル11
首
横溝正史

滝の途中に突き出た獄門岩にちょこんと載せられた生首。まさに三百年前の事件を真似たかのような凄惨な村人殺害の真相を探る金田一耕助に挑戦するように、また岩の上に生首が……事件の裏の真実とは？

金田一耕助ファイル12
悪魔の手毬唄
横溝正史

岡山と兵庫の県境、四方を山に囲まれた鬼首村。この地に昔から伝わる手毬唄が、次々と奇怪な事件を引き起こす。数え唄の歌詞通りに人が死ぬのだ！　現場に残される不思議な暗号の意味は？

金田一耕助ファイル13
三つ首塔
横溝正史

華やかな還暦祝いの席が三重殺人現場に変わった！宮本音禰に課せられた謎の男との結婚を条件とした遺産相続。そのことが巻き起こす事件の裏には……本格推理とメロドラマの融合を試みた傑作！

金田一耕助ファイル14
七つの仮面
横溝正史

あたしが聖女？　娼婦になり下がり、殺人犯の烙印を押されたこのあたしが。でも聖女と呼ばれるにふさわしい時期もあった。上級生りん子に迫られて結んだ忌わしい関係が一生を狂わせたのだ——。

金田一耕助ファイル15
悪魔の寵児
横溝正史

胸をはだけ乳房をむき出し折り重なって発見された男女。既に女は息たえ白い肌には無気味な死斑が……情死を暗示する奇妙な挨拶状を遺して死んだ美しい人妻。これは不倫の恋の清算なのか？